신현림 매혹적인 시와 사진 에세이

애인이 있는 시간

시·사진이 주는 영감의 시간이다
나를 아름다움에 떨게·하고
다시 살게 하는 이미지에
동시대의 감성이 폭발한다

당신들과
이 사랑의 시간을 나누고 싶다

사과
꽃

신현림 매혹적인 시와 사진 에세이

애인이 있는 시간

시·사진이 주는 영감의 시간이다
나를 아름다움에 떨게 하고
다시 살게 하는 이미지에
동시대의 감성이 폭발한다

당신들과
이 사랑의 시간을 나누고 싶다

사과
꽃

쓸쓸하고 달콤한 시간에 애인처럼
시와 사진을 품다

알 수 없는 미래, 자주독립의 삶. 제 최선의 일은 소처럼 일하고 공부하는 것이죠. 그렇다고 황소가 누워 책 읽는 걸 상상하진 마세요. 가난하더라도 하고 싶은 일을 하며 사는 게 중요하죠. 적게 먹고 적게 쓰면서 고독의 그물을 치고 영혼의 물고기가 모여 노래하기를 기다립니다. 아무 도움도 없이 혼자 글쓰는 일에 때때로 몸서리가 쳐집니다. 그래도 감사하면서 기도합니다. 세상과 사람들을 사랑하고 제 몸과 마음을 좋은 일에 다 쓸 수 있기를⋯.

쓸쓸하고 달콤한 연애를 하듯이 사는 기분이야. 일만 하니까. 그러다가 위 글을 봤지. 이때가 30대 후반이었을 거야.

혼자 있다 보면 나의 애인은 누구일까를 생각하게 된다. 애인은 있어야 할 거 같아 두리번거린다. 해 지기 전에 해라도 바라보고, 마스크쯤은 안 쓰는 맑은 시간을 가지면 되지, 하다가도 문득 애인을 생각한다.

그런데 그 애인은 시와 사진 예술이었던 거야. 이게 슬프지만은 않은 건 책을 내고, 누군가 내 책을 읽고 초콜릿을 먹을 때처럼 달콤해하거나 뿌듯해질 수 있다는 거지. 뜨거운 가슴을 되찾고 잘 살아주면 더 바랄 것도 없지. 일 다 마치는 시간이면 바람처럼 구름처럼 부드럽게 흘러가고 싶어. 나, 꽤 긍정적인 인간이 되었지.

서른 살 때나 지금이나 나는 소처럼 일하고, 공부한다. 혼자 글 쓰는 일에 몸서리칠 시간도 없이 사진가로, 또 한겨레문화센터에서 〈시 쓰는 상상〉 강의를 하고, 전국적으로 뛰며 강연하고, 또 기획하고 출판사까지 열었으니, 책 작업하며 불만 가질 틈도 없다. 고마워하고 사랑하기도 모자를 인생이다.

오래전 한 사진가는 이 시대의 문맹은 이미지를 못 읽어내는 거라 했다. 이미지가 문화를 이끄는 세상에서 이미지는 곧 지식의 한 모습이며, 감각을 일궈가는 가장 예민하고 소중한 힘이다. 나는 오래전에 대중에게 현대 사진과 미술 이미지가 어떻게 하면 친근하고 쉽게 가닿을까 고민하며 나만의 에세이로 그려왔다.

〈나의 아름다운 창〉, 〈미술관에서 읽은 시〉와 절판된 〈희망의 누드〉, 〈너무 매혹적인 현대미술〉, 〈슬픔도 오리지널이 있다〉 등이 있다. 시와 세계 명화를 통섭한 세계 시선집으로 〈사랑은 시처럼 온다〉, 〈시가 나를 안아준다〉, 〈아들아, 외로울 때 시를 읽으렴〉이 있다.

남은 거울이다. 그들 작품을 통해 나의 문화, 우리 문화의 내공을 쌓게 된다. 언제든 내 혼을 느끼게 해주는 것들이 필요하다. 부드러운 바람처럼 향기롭거나 내가 왜 살아 있나, 어떻게 살아야 하는가, 어떻게 사랑하는가에 대한 세심한 관찰과 마음 씀씀이까지 성찰할 기회가 된다. 우리가 무엇을 바라보며 무엇을 느껴야 하는가에 대해 묻는 양식이기도 하다. 나는 그 양식을 나누고 싶다.

여기에서 다룬 이미지들은 내가 50개국 여행을 다니는 동안 특히 유럽 최고의 아트페어와 미술관을 돌 때 만난 것들이다. 여기에는 우리나라 국립미술관과 유명 갤러리에서 보기도 하였다. 그리고 작년에 포털 사이트 '다음'과 중앙일보 웹

진에서 5개월 동시에 연재한 원고들이 반 이상이다. 연재지면을 열어주신 손현욱 답출판사 대표님께 감사드린다. 그리고 이 책의 몇 꼭지는 2002년 월드컵 4강 승리 때 출간한 덕에 묻힌 사진에세이 〈슬픔도 오리지널이 있다〉에 최근 글로벌한 작가들을 더해 완성하였다. 그 책은 수많은 독자들이 복사 떠서 보기도 했단다. 이 책은 더 사랑받기를 빈다.

인생은 정말 숭엄하고 굉장한 선물임을 느낀다. 이 굉장한 선물을 기뻐하지 못하고 산 때가 많았음을 가슴 아파하면서 하느님께 감사드린다. 사랑하는 딸, 서윤이와 가족, 지인들, 힘이 돼준 분들께, 시와 예술이란 애인이 절실할 만큼 외롭고, 따스한 위로가 필요한 분들께 이 책을 바치고 싶다.

엄마가 그리워, 선천과 의왕을 바라보며
2018. 5. 신현림 드림

애인이 있는 시간

시·사진이 주는 영감의 시간이다
나를 아름다움에 떨게 하고
다시 살게 하는 이미지에는
동시대의 감성이 폭발한다

당신들과 이 사랑의 시간을 나누고 싶다

차례

좋은 소식을 전할게요

모지 아야코

나부터 좋은 소식 전하는 사람, 좋은 친구가 돼야겠다. 함께 하는 시간, 함께 나누는 통화가 아름답고 뜻깊게 남게 해야겠다. 이것은 간단하다. 고맙다, 미안하다, 말만 잘 해도 참 괜찮은 사람이다. 만일 그러지 못한다면 지금 당장 결심과 빠른 실천밖에 없다. 안 좋은 얘기는 덜 하든지 안 하든지 하고, 좋은 얘기는 신나게 하는 것이다. 너무 간단했나. 그러면 이야기를 풀어보겠다.

내게 좋은 소식을 준 친구들이 기억난다. 기억은 자주 희미해져서 이렇게 써가면서 선명해지긴 한다. 지금은 전화번호까지 잃어버려 소식이 끊긴 친구들. 무척 그립지만 찾을 길이 없다. 어느 해 겨울 일본에서 사온 일본 대표 사진가 도록 중에 인상 깊은 작가가 쓴 이야기와 사진 작품을 이야기해야겠다.

모지 아야코(1969년생, 일본)라는 여성의 얘기가 나의 심정과 비슷해서다. 사진 작업 스타일도 사과 이전의 내 작업과 닮아서 놀랐다. 어쨌든 지금은 다른 작업이라 다행이다.

"판타지와 유머가 있다면 우리는 일상을 좀 더 재미있게 보낼 수 있을지 모른다. 무언가 괴로운 일이 있더라도 웃으면서 넘기게 될 것이다."

"전혀 알지 못하는 장소에서 흥미로운 일이 일어날지도 모른다는 상상을 하며 여러 장소로 떠나보지만 대체 나는 어디로 가고 싶었던가?"
"흔들리는 버스 속에서 스쳐 지나가는 풍경을 보면서 죽어도 좋겠다는 생각을 한 적이 있다. 그러나 역시 그것은 낮잠이 들기에 최적한 장소라야 할 것이다. 따뜻한 햇볕이 내리쬐는 벤치라든가."

"스타일이나 방법, 질 등은 그다지 중요하지 않다.
필링이 전달될 수 있다면 그것으로 만족한다.
그러나 그것은 되도록 강렬했으면 한다."

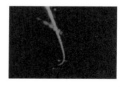

누군가는
두려움으로 살고,
누군가는 유쾌하게 산다

"그리고 그것은 매일의 생활
속에서 나오고 있다.
때문에 매일 좋은 느낌을 받고
싶다.
아름다운 일을 발견하며 충실
한 나날을 보내고, 영원히 어디
론가 나는 떠나고 싶다."

어쩌면 내 심정의 한 면을 그대로
석고로 떠낸 듯 흡사해 놀랐는데,
결국 내 생각은 누구나의 생각이
라는 것. 그만큼 현실 속에선 매일
좋은 느낌으로 살기 힘들다는 얘
기다. 좋은 느낌이라는 것도 마음
먹기 나름이라 여기고 그 어떤 불
길함도 유쾌함으로 바꿀 의지에
따라 달라진다. 누군가는 인생을
두려움으로 살고 누군가는 유쾌하
게 산다. 두려움이 많은 나는 유쾌
하게 살고파서 늘 시를 본다. 지금

은 독일 시인 요하네스 보브로프스키의 사랑스런 시 "네 음성으로"를 본다.

밤 늦게까지
버드나무가 이야기한다, 빛이
나무 주변을 날아 돈다.
물꽃 한 송이 드높이
어둠 속을 뚫고 간다.
제 동물들과 함께
강물은 숨을 쉰다.

창포 안으로
나는 엮어진 내 집을 들고 간다.
달팽이들이
소리 없이
내 지붕 위를 넘어간다.
내 손바닥에서
나는 네 얼굴이
그려져 있음을 본다.

갑자기 환해졌다. 이 시를 읽는 순간 살며시 전율이 일었다. 우리가 관심 두지 않는 세계. 버드나무, 강물, 달팽이의 움직임. 음, 내가 집을 들고 가는 거구나. 갑자기 생이 놀랍도록 아름답다. 뭔가 잃어버린 것들이 되살아나는 잔잔한 기쁨이 있다. 시를 읽으며 우리는 잃어버린 것을 찾아가는 것이다. 그녀 사진이 잃어버린 것을 찾아가는 여행처럼 보이듯이.

버스나 택시 안에서 밖을 보며 내가 잃거나 안 간 길을 두리번거린다. 길과 길 사이에서 무수한 상념들이 스쳐가고 기쁨이 슬픔을 뛰어넘는다. 잃어버린 길, 그래서 다시 찾고 싶은 길…. 길의 모습은 시시각각 매력적이고 사람의 여러 마음을 상징하는 듯하다. 여하튼 어떤 길을 가든지 답답하고 외로움이 자리하기는 마찬가지다. 정도의 차이는 있겠지만. 그러나 앞서 얘기했듯 외로운 인생도 마음먹기에 따라 다르다. 판타지와 유머가 있다면, 외로웠으나 풍요롭고 정겨운 시간이 된다. 그래서 판타지와 유머를 사랑한다.

나는 누구일까, 다시 생각해보세요

헤텐 파텔

삶이 힘든 것은 저마다 혼자서 겪고, 견디고 있다고 생각하기 때문이다. 여기저기 나무와 꽃들도 저마다 혼자서 견디고 있을 것이다. 여기서 사자는 사자대로, 사람은 사람마다 힘들다. 혼자만 아프다 슬퍼하지 말 것.

쉿, 제게 얘기해보세요, 라고 나는 속삭여본다. 그렇다. 저마다 감춰진 비밀을 풀어놓을 곳이 필요하다.부자거나 가난하거나 모두 실패하고 좌절과 괴로움을 겪는다.

실패나 좌절감은 피할 수 없는 인생의 조건이다. 다만 실패를 통해 배우고, 실패가 자주 되풀이되지 않게 지혜로워져야 할 수밖에 없다. 여기서 이 실패에 대한 인도계 영국 예술가 헤텐 파텔Hetain Patel의 뜻깊은 얘기를 들어보자.

나는 누구일까 다시 생각해보세요. 우리 자신을 결정하는 게 무엇인가요. 실패할 때마다 내 자신에 가까워집니다. 제 관심은 정체성과 언어에 대한 거예요. 외모, 출신지, 성, 인종 계급 등에 따른 일반적인 가정에 도전하는 거죠. 마음을 비우고 마치 물처럼 모양도 없이 사는 거예요. 물을 컵에 따르면 컵 모양이 되고, 주전자에 넣으면 주전자가 되죠.

친구들이여 물이 되세요. 다른 이들을 따라 하면서 여전히 우리가 누구인지 알아가고 있다고 생각해요. 이소룡이

내가 누구인지 알아가고 있어요

©헤린 피린

18

든 아버지이든 누군가를 모방하는 것은 위험이 따라요. 이소룡을 흉내 내며 실패할 때마다 저는 저 자신에게 가까워집니다. 저는 진정성에 목숨을 겁니다.

사진 속에 이소룡을 흉내 내는 분이 젊은 헤텐 파텔이다. 세계 최고라는 영국의 "프리즈" 아트페어에서 그의 작품을 만났다. 그의 강연을 온라인에서 본 적이 있다. 무척 흥미롭고, 깊고 재미있게 진행하여 나이가 많은 줄 알았는데, 서른 후반이었다.

실패할 때마다 내 자신이 되어갑니다

헤텐 파텔의 말에서 "실패할 때마다 내 자신이 되어갑니다"란 말이 몹시 공감이 되었다. 무너질 때마다 나 자신이 되어간다. 비로소 나다운 내가 된다. 아주 마음에 들었다. 사자는 사자답기 위해 사과는 사과답기 위해 눈물겨운 노력을 한다. 단물이 살짝 남은 껌을 계속 씹을 때처럼 이 말을 나는 곱씹었다. 자기다운 것, 진정한 것. 도처에 진정성에 목숨을 건다. 바꾸지 않으면 안 되기 때문이다. 그 어떤 것도 목숨을 걸지 않으면 아무것도 아니다. 헤텔의 표현에 있어 몸에 글씨를 쓰는 작업들은 다른 작가들도 이미 했다. 하지만 접근 방식, 조형적인 감각이 어떻게 다른가가 중요하다. 어떻게 구성하고 배치하느냐가 다르면 된다. 그리고 헤텐 파텔의 사유는 새로웠다. 그래서 그 자리에 오래 서성였다. 그때 아트페어 입구 쪽에 미술서적 코너에서 수많은 책이 모두 자기답기 위한 눈물어린 노력이구나 싶어 쉽게 지나칠 수 없었다.

나도 수많은 실패의 경험이 있다. 실패를 통해 단단해지는 일이 중요했다. 30대 초반 사진에 미쳐 방비 빼서 사진 공방을 다니기도 하였다. 밤마다 사진을 찍고. 목숨을 걸듯 시를 썼던 기억이 난다. 목숨 걸 듯 치열한 창작의 힘은 실패의 힘이었다. 지나 보니 죽을 만치 힘들게 애쓰는 한 가장 좋은 쪽으로 길이 생기더라.

실패는 인생이 깊어지는 아주 소중한 인생 수업이다.

청춘은 주저 없이 가는 거야

JH 잉스트롬, 라이언 맥긴리, 볼프강 틸만

영화광인 나는 10년 정도 영화관을 가보지 못했다. 물론 어쩌다 한두 번은 봤던 훈훈한 기억도 있다. 우선 생존하기도 바빴다. 같이 영화 보러 갈 시간과 사람도 마땅치가 않아서였다. 미술관 관람도 미술잡지로 대신하였다. 그러다 4년 전부터 영화관을 다시 찾아다니며 영화를 다시 보기 시작했다. 마음 끌리는 대로 영화와 미술관과 커피 맛에 쩌르며 살았다. 이렇게 나는 한번뿐인 내 인생을 응원하고 싶었다. 여기서 잠시, 독일에서 대박을 쳤다는 대학생 율리아 엥겔만의 시집 〈언젠가 우리는〉에서 한 대목은 버터 팝콘처럼 가볍게 씹히는 맛이었다.

강물을 헤엄쳐 올라가 그 물길이 시작되는 곳까지 가보고

21

싶어!

내가 원하는 세상을 새로 그리고 나만의 눈으로 바라보고
싶어!

새로운 것을 느끼며 바라보고 냄새 맡고 맛보고 싶어!

기차의 종착역을 알아내고 싶어!

멜로디에 잠겨 시를 음미하고 싶어!

지금의 안전 구역을 벗어나 용기가 필요한 곳으로 가고
싶어!

정말 존재하고 싶어! 그것도 행복하게

정말 존재하고 싶어!
그것도 행복하게

저 시구처럼 정말 행복하게 살려고 나를 젊게 하는 시를 읽고, 젊게 하는 영화를 보고, 나를 젊게 하는 선수들의 작품들을 보는 거다. 나는 조용히 외쳐본다. 청춘은 주저 없이 가는 거야. 염려 마. 너만 뒤처지는 기분이 아니야. 누구나 청춘은 대책 없이 가고, 실수투성이니 슬퍼하지 마, 하며 나는 속엣말을 되뇌었다.

그 젊음은 꿈과 몽상, 우울함을 빼놓을 수는 없다. 내게는 반드시 그랬다. 미치도록 술 퍼마시고 싶게 하는 우울. 시커먼 커피를 내리 석 잔을 마셔야 사라지는 우울.

흰 곰도 우울하면 음악을 듣고, 술 마시고 커피 마시고 싶을지도 모른다. 하지만 우리는 곰보다 행복하다. 음악을 듣고 술 퍼 마시고, 커피 마실 수 있으니까. 적어도 북극이 녹는 걸 보지 않아도 되니까. 북극과 가까이 살지는 않으니까.

스웨덴 젊은 작가 JH 잉스트롬의 사진을 보면 뜨거운 원두커피를 마시고 싶어진다. 신비스럽고 꿈을 꾸듯 몽환적인 이미지 속에서 그저 떠돌고 헤매고 싶어진다. 내가 영국 사치 갤러리에서 산 책에는 그의 작품 3컷이 있다. 그때 그냥 느낌이

23

좋구나 싶었다. 그런데 어느 날 그의 사진더미를 보게 되었다. 어둠 쪽을 바라보는 그의 시선, 그의 작품은 한동안 내 가슴 한 켠에서 오래도록 여운을 드리웠다.

"나는 색으로 노는 것을 좋아하지만, 그것은 모두 직감으로 하는 것이다. 나는 디지털 조작을 하지 않는다. 노출을 충분히 준 것이다… 나는 인물사진에서 도덕적인 것에 대한 생각을 하고, 19세기에 찍힌 가족사진처럼 보이는 큰 포맷의 사진을 만들기를 원한다. 나는 모든 사람이 동등했다는 것을 주장하고 싶었다."

모든 사람이 동등했다,는 말이 왜 이리 마음에 젖어들까. 참으로 차별 많고 상처 많은 세상을 살아서일까. 세상에 대한 고뇌와 참된 작가의 양심이 느껴져서 그가 믿음직스러웠다. 사실 내가 열심히 작업하는 큰 이유는 차별 많고 공평하지 않는 세상에 대한 나 나름대로의 저항이고, 끝없는 싸움이기에 그의 말에 깊이 공감되었다. 문득 스웨덴인 잉스트롬의 사진을 보면서 나는 스웨덴 출신의 아티스트들 중에 아바의 노래가 아닌, 삐삐도 아닌 잉그마르 베르히만 감독의 영화가 떠올랐다. 참된 인생이 뭐지? 참된 나는 어디로 가는 거지?

내면의 질문을 고통스럽게까지 몰아가는 "페르소나"처럼 고뇌하는 인간이 어른거렸다. 아마도 낮보다 밤이 훨씬 긴 북구 유럽의 자연환경의 영향일 수 있겠다는 생각도 들었다.

그는 여러 가지 도시 인물들의 인생을 담은 앤더스 피터슨의 제자고 조수였기에 스승의 영향은 더없이 큰 듯하다. 자료를 찾다가 놀란 건 유튜브 동영상에서 탐 웨이츠의 노래와 너무나 잘 어울리는 피터슨의 사진이 강렬했다. 나는 처음 접했는데, 스웨덴의 가장 영향력있는 작가라고 한다. 인간 최고의 환희와 절망을 그린 "카페 레미츠"는 교도소, 정신 기관, 노인의 집에서 촬영하였다. 물론 피터슨의 작품을 지금 다시 보니 끔찍하고 징그럽다는 생각도 들지만 주저 없이 열정을 터뜨려버리는 치열함은 압도해왔다. 이분을 보면서 문득 변방의 안 알려진 괜찮은 예술가들이 꽤 있겠구나, 하는 생각이 들었다.

다시 청춘에 대해 말해보자. 청춘은 청춘이라 아프고, 나이 들면 아프고 슬퍼도 티낼 수도 없다. 그래도 아픔을 통해 지혜를 얻었다면 축복이다. 청춘과 지혜를 모두 가진 자는 대박 인생이다. 청춘의 그 원초적인 본능과 충동에 몰입하는 사진. 지금 나는 우연한 순간의 극치를 보여주는 라이언 맥긴리의 사진들 앞에 있다. 나는 맥긴리 사진집을 영국에서 사게 되었다. 맨 처음 그의 작품을 보자마자 '이게 누구야?' 하고 나는 외쳤다. 이보다 더 자유로운 황홀경이 있을까. 묻고 싶을 정도다. 이때만해도 막 알려지기 시작한 청년이었다. 겁 없는 청춘의 모습이 경이롭기도 했다. 감탄하면서 청춘을 생각했다. 사무엘 울만의 〈청춘〉을 되뇌어봤다.

청춘이란 인생의 어떤 한 시기가 아니라, 어떤 마음가짐
을 뜻 한다.
청춘이란 장밋빛 볼, 붉은 입술 그리고 유연한 무릎을 뜻
하는 것이 아니라,
강인한 의지, 풍부한 상상력, 불타는 열정이다.
청춘이란 인생의 깊은 샘에서 솟아나는
신선한 정신이다.
청춘이란 두려움을 물리치는 용기와 안이함을 뿌리치는
모험심을 의미한다.
때로는 스무 살의 청년보다 예순 살의 노인이 더 청춘일
수 있다.
나이를 먹는다고 누구나 늙는 것은 아니다.

아픔을 통해 지혜를 얻었다면 축복이야

이상을 잃어버릴 때 비로소 늙는 것이다.
세월은 피부를 주름지게 하지만, 열정을 상실할 때
영혼이 주름진다.

얼마나 나이 들어가는 이들에게 힘이 되는 시인지 모른다.
이 시 내용은 맞다. 나이 들어도 열정이 곧 청춘이고, 노력하
는 자만이 청춘을 산다고 말할 수 있다.
사막과 들판에서 폭포 아래서 터널 속에서 알몸으로 뒹굴고
뛰어보는 사진들. 한국에서 감히 시도할 만한 젊은 작가가

과연 있을까. 이런 작업 맘껏 펼치는 미국 땅이 부러웠다. 연애도 결혼도 출산도 포기해야 하는 한국의 젊은이들에게, 취업에 매달려 낭만도 사랑도 접기도 하는 현실. 저런 청춘의 자유와 열정과 뜨거운 발산이 가당키나 할까. 한국 사회에서 결혼 적령기를 넘어선 여성들에게 다음 얘길 많이 듣는다.

"결혼보다 연애가 더 힘들어요."

연애조차 자유롭지 않다. 접고 사는 이들도 많다. 시간도 없고, 누군가를 만나는 일이 두렵기 때문이다. 하도 무서운 일도 많고, 혼자에 익숙해져 누군가와 같이 사는 것이 어렵다. 그래서 라이언 맥긴리 사진에 충격받고 부러웠는지 모른다.

몸을 도구로 사유하는 철학적 담론을 얘기하지 않아도 이 전시는 보는 것 자체로 기분이 좋아졌다. 아주 시원했다. 나에게는 맥긴리보다 독일의 사진작가 볼프강 틸만스를 먼저 꼽긴 한다. 볼프강 틸만Wolfgang Tillmans, 1968년, 독일 출생의 사진들. 고뇌와 고독감이 진하다. 청춘의 메아리가 울려퍼지는 그의 미감이 내 가슴을 울린다. 내 취향에 깃든다. 어떤 쓸쓸한 뿌리로부터 올라오는 물기가 여린 가슴을 적신다.

나는 스스로를 정치적 예술가라고 생각한다. 나의 미에 대한 생각과 내가 살고자 하는 세상에 대한 그림을 그리고 싶다.

그는 사회적 환경, 즉 클럽, 베를린의 러브 퍼레이드, 런던의 유럽 동성애자의 날 행사, 뮌헨의 프로테스탄트 집회 등에서의 젊은이들의 사진들을 찍어서 1990년대 초부터 알려졌다. 그래서 그를 동세대의 기록자로 여긴다. 그러나 의도적인 기록이 아니라고 그는 부정한다. 미적인 감성의 번득임이나 수수께끼 같은 내용들이 그렇다. 항상 선배들은 후배들이 치고 올라오니 마음 준비하며 가장 진보적인 자리를 내줘야 할지 모른다. 청춘은 자유로운 영혼으로 휘날렸다.
다시 라이언 맥긴리에게로 돌아가 보자. 처음 만든 포트폴리오로 최연소 나이로 세계 최대의 미술관인 휘트니에서 개인전을 열었다. 그는 카메라를 자동 모드로 해놓고 사진 찍었다. '에디팅'은 해도 '리터치'는 안했다. 스타일은 철저히 준비한 후 자유로운 의식의 열림, 그때그때따라 터져 나오는 즉흥성을 중요시했다. 라이언 맥긴리는 불특정 다수의 사람들에게서 영감과 자극을 받았다.

눈이 내리 듯 청춘의 메아리가 울려퍼진다

대나무숲길 윤흥길

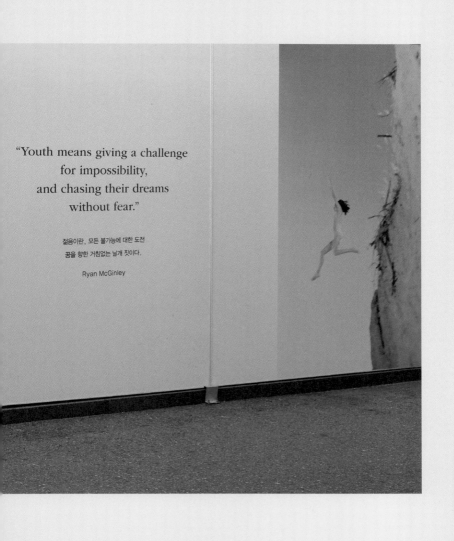

"Youth means giving a challenge
for impossibility,
and chasing their dreams
without fear."

젊음이란, 모든 불가능에 대한 도전
꿈을 향한 거침없는 날개 짓이다.

Ryan McGinley

나는 반짝이는 무비스타가 아니다. 지금 내게 온 것들은 끊임없이 내가 노력한 결과다.

내가 남에게 어떻게 보여질지 생각지 않는다. 내가 꿈꾸고 남기고 싶은 모습을 담을 뿐이다. 내 이미지가 즐겁기를 바란다. 우울한 사진에 관심이 없다. 내 사진처럼 내 삶도 와일드하고 흥미진진하여 자서전적인 것 같지만 그저 내 사진은 판타지 라이프에 대한 기록에 가깝다.

맥긴리 사진을 보며 조금 우울해졌다. 나의 청춘, 많은 이들의 청춘은 이렇게 내키는대로 흘러가지도 못하고 그럴 상황

꿈을 잃지 않으면 누구나 청춘이다

이 아니기 때문이다. 그의 사진은 너무나 미국적이고, 어떤 면에서 생의 웅숭깊은 맛은 잘 느껴지지 않았다. 그 웅숭깊은 맛은 우리 인생의 깊은 안쪽, 우울함을 꿰뚫고 가지 않으면 나올 수가 없다. 그래도 한국에서는 이런 사진작가가 나올 수 있을까. 나는 없다,라고 단언한다. 여성은 더욱 어렵다. 작업은 작업으로 봐야 하는데, 사생활 쪽으로 몰고가서 깊은 상처를 만든다. 문화 자체가 참 다르다. 그래도 용감한 누군가가 나오길 나는 바란다. 아방가르드한 정신으로 터져가는 청춘이 있기를 기대한다.

나는 생의 절정 빛나는 판타지한 순간을 잡아내는 맥긴리와 생의 절정 그 배경인 어둡고 우울한 신비 쪽을 찍는 JH 잉스트롬을 생각하다, 문득 우체국 아저씨가 노크하는 것 같아 귀를 기울였다. 혹시 꽃보다 남자를 담은 소포가 오지 않았나 하고, 방문쪽을 바라보았다.

한국 사진가 엄상빈의 사진집 〈학교 이야기〉에서 청소년기에 자신을 알기 위한 눈물겨운 노력들을 아주 감명깊게 보았다. 작가의 젊은 날의 이력이 수학선생님이셨다. 십대 후반의 고교생들은 사고와 체벌, 싸움으로 인해 생긴 상처자국 무수한 '담배빵'이나 문신들이 깊이 패여 있었다. 이 사진집

나는 누구일까 사람은 무엇이지

ⓒ엄상빈

세상 어디도 나가고 싶지 않아

의 사진들은 나는 누구일까? 사람이 무엇일까? 자꾸 들여다
보게 되다. 눈을 맞았는지 멍이 든 청소년이 강렬한 눈빛을
내뿜는 사진에 대한 작가는 이렇게 말했다.

월요일 아침은 학생부가 분주해지는 날이다… 얼굴의 멍
자국이나 상처로 지난 밤의 일이 들통나 기도 한다. 그 과
정에서 흉기를 사용했거나 패싸움으로 경찰서에도 여러
차례 불려가야 한다… 심지어 어떤 아이들은 오토바이 타
는 재미에 중국 음식점 배달을 자청하는가 하면, 아예 가
출하여 큰 도시 중국 음식점에 취직을 하였다가 붙잡혀
되돌아오는 경우도 종종 있다.

보통 위와같은 친구들을 "문제아"라고 하지만. 나는 모험가라고 격려해주고 싶다. 언제 중국음식점배달을 하며 언제 가출을 해볼까. 그렇다고 짱개집 배달과 가출을 권하는 것이 아니다. 이미 저지른 상태를 나무라고 싶지 않아서다. 이 또한 자신을 알아가는데 반드시 도움이 될 거라 믿는다. 인생살이가 모두 자신이 누구인가에 대한 질문을 던지고, 답을 얻으려고 몸부림치는 것일테니까 말이다. 십대의 고뇌를 가슴 울리게 잘 그린 박찬세 시인의 "열아홉 살"에 눈길이 한참 머물렀다.

친구들은 모두 공장으로 취업 나가고
나는 세상 어디로도 가고 싶지 않아서
엄마 도장을 훔쳐다 자퇴서에 도장을 찍었지

수요일마다 꼬박꼬박 오천 원씩 저금한 돈
받지 못한 수업료 돌려받는 날
공주 장날이었지

총각 막걸리나 한잔 하고 가
할머니가 썰어주는 순대에 막걸리를 마시고

장바닥을 돌아다니다
앵무새를 한 쌍 사고
가물치도 사고
미꾸라지도 한 봉다리 샀지

제일 먼저 제민천에 가서
미꾸라지를 풀어주고
공산성에 가서 앵무새를 풀어주고
금강에 가서 가물치를 풀어주었지

강가에 앉아서
어디로 갈까
나는 어디로 가야 하나
학교가 끝날 때까지
흘러가는 강물을 바라보았지

계획대로 되지 않는다고 해서

그것이 불필요한 것이 아니다

토마스 A.에디슨

고통받는 사람들, 고통 줄이기

아담 브룸버그 & 올리 차나린 / 미카엘 수보츠키
Culture 3 Sheet 72 고통받는 사람들 People in Trouble

런던의 가을은 로맨틱했다. 가을 햇살이 따스했고, 부드러웠다. 맑은 공기와 성성한 가을빛이 온몸으로 스미었다. 처음 온 런던은 한권의 책이었다. 어떻게 하면 이 책의 보이지 않는 숨결까지 느끼느냐였다. 모두 다 마셔버리고 싶었다. 무엇보다 사치갤러리는 내 안으로 깊숙이 들어차기 시작했다. 미술잡지를 통해 수없이 많이 들었던 사치갤러리가 얼마나 궁금했는지 모른다. 머릿속에서 그렸던 사치갤러리는 전혀 사치스럽지 않았다. 아주 고풍스러웠다. 단아하고 품격 있어 보여 왠지 몸가짐도 가다듬어야 할 듯 했다. 사치갤러리 앞에는 젊고 이쁜 여성이 점심으로 테이크아웃 해 온 샐러드 도시락을 들고 혼자 잡지를 보며 먹고 있었다. 낮이라 외로워 보이지 않았지, 저녁 무렵이나 바람 부는 날이면 몹시 외롭고 슬퍼보였을 것이다. 지금 이 시대는 혼자 밥 먹는 일쯤이야 아주 흔한 일이 되어버려 모든 걸 잘 감당하는 것처럼 보인다. 하지만 그렇게 보일 뿐이다.

'언제든 불러줘, 힘들 때 도와줄게. 평생 너는 내게 소중한 사람이야.'

내 안으로 깊숙이 오는 이미지들

이런 말을 해 줄 사람이 있다면 얼마나 좋을까. 하지만 서로
가 멀리 떨어져 있다. 당신은 자신에게 조차 멀리 떨어진 건
아닐까. 언젠가는 너는 내게 참 소중한 사람이야, 라고 말해
줄 누군가가 나타난다. 하지만 기다리지 마라. 우리는 항상
사랑을 먼저 받으려들기에 힘든 것이다. 먼저 사랑을 주어야
소중한 사람이란 말을 듣게 됨을 자주 잊는다. 그녀도 샐러

ⓒ아담 브룸버그 & 올리 차나린으로부터

드를 먹으며 사랑을 먼저 줄 줄 아는 이가 되려고 자신만의
시간을 잘 쓰고 있을 것이다.

그녀 뒤로 세계적인 미술 사진 전문출판사 타셴북스 매장이
보였다. 문득 디피를 어떻게 했는지 궁금하였다. 발길을 옮
겨 들어가 보니 혜화동 대학로의 타셴 북 까페 보다 코펜하
겐 매장은 작았다. 갈 길이 바빠 갤러리 건물로 들어가는 길
은 밖에서보다 훨씬 더 운치가 있었다. 아마도 오래된 나무
들이 건물들을 더욱 고풍스럽게 만들었다. 지금도 사치갤러
리에서의 기억은 좋았다. 꼭 가보리라 마음먹었던 곳이었고,
현대미술과 사진의 첨예한 현장이기도 해서 세세히 기억을
한다.

누구에게나 사진은 기억보관소다. 사진은 불망비不忘碑다. 비
석이다. 지나간 기억에 가만히 숨 쉬며 귀기울이는 것. 나이
들 수록 사진이 있어 비로소 기억나는 일이 많아진다. 그리
고 사진은 중요한 기록보관소다. 그 기록에 대한 절대적인
중요성을 본 작품은 영국에서 작업하는 남아공 출신의 애덤
브룸버그와 올리버 차나린adam broomberg & oliver chanarin이
다. 그 '고통받는 사람들'제4전시실의 작품을 영국 사치갤러리
에서도 봤고, 광주 비엔날레에서도 본 적이 있다. 범죄자처

럼 검은 테이프로 붙여놓은 사진. 누구나 죄인 맞다. 끊임없이 분쟁을 일으켜 무수한 애들이 죽는 모습을 봐도 그렇다. 세상의 많은 고통은 저마다 자신이 옳다,라는 착각에서 온다. 누구나 안 착하고 옳지 않을 때 많다. 물론 부실한 인간인 나도 마찬가지다. 그래서 늘 자성의 거울을 들여다 보고, 하느님께 기도한다. 나부터 낮은 곳에 머물고 나를 들여다보게 해달라고.

그때 소설가 윤후명의 소설 〈가장 멀리 있는 나〉를 생각했다. 제목이 참 멋지고 슬프다. 원래 시인이시라 문체가 시적이고 깊이 스며있는 우리 한국의 정서, 이미지들이 맘에 든다. 우수의 리듬, 쓸쓸한 유랑의 리듬따라 시가 마음에 온다. 바람의 리듬에 따라 책을 보고 전시나 영화나 책을 보며 가장 멀리 있던 내가 가까이 다가온다. 그 바람따라 다시는 돌아오지 못할 이 순간은 잊지 말자고 여행하며 사진도 찍고 잊혀지지 않는 기억을 만드는 것이겠지.

잊지 말자, 잊지말자, 잊지 말자,

잊지 말자고

마음에 새기다 못해

돌에 새긴다

돌은 마음보다 더 돌처럼 단단하다고

잊지 말자고

돌 속에 피어 나오는 돌이끼가 되도록

살아 있자고

잊지 말자, 잊지 말자, 잊지 말자

그래서 불망비不忘碑의 뜻이 된 돌이끼

돌이끼 들여다 보다가

돌아오는 산길

홀로 돌아오다가

가만히 숨쉬며 귀기울여보는 산길

바람따라 다시 돌아오지 못할 이 순간 잊지 않을래

〈분쟁 속의 사람들이 웃다가 땅으로 고꾸라진다People in Trouble Laughing pushed to the Ground〉는 브룸버그 & 차나린이 1983년에 설립된 사진 기록 보관소인 벨파스트 익스포즈드Belfast Exposed와 협력하여 제작한 작업의 결과물이다. 벨파스트 도네걸Donegal가 23번지 1층의 작은 공간에 자리한 이 보관소는 북아일랜드의 분쟁을 보여주는 1만 4000점 이상의 흑백 밀착 인화물을 보유하고 있다. 전문 보도 사진가들과 민간 사진가들의 북아일랜드 역사의 중요한 순간들을 담은 귀한 사회적 기록물로, 시위현장, 장례식, 테러 행위와 같은 시사적인 순간부터 차를 마시거나 소녀에게 키스하거나 기차를 바라보는 등 매우 일상적인 모습들이 함께 담겼다.

이 시대에 사진의 끝과 내일을 탐색하는 지금의 프로젝트이다. 초기 작업에서부터 이러한 작업으로 향해가는 매개적인 탐구가 행해지고 선언되었다.

사진의 빨간 점이며 마커펜으로 지워진 듯한 다양한 흔적들은 편집 과정을 표시하거나 망쳐진 흔적이다. 보통 사진의 아무 흠집이 없어야 하며, 반드시 작가가 찍어야만 되는 고정관념을 깨뜨린다. 이런 개입, 흠집은 노출과 배설의 욕망 사이에서 긴장감을 준다. 증거자료와 기록 보관 과정에 대한 자기 반영과 비판이 스며있다.

또 한 명의 중요한 작가 미카엘 수보츠키born Cape Town, South Africa, 1981는 '퍼블릭 인카운터스Public Encounters'라는 사진 시리즈로 남아공의 인종문제와 사회문제를 강렬하게 다루었다. 사람은 누구나 똑같고, 똑같은 대우를 받아야 한다. 하지만 남아공에는 인종분리정책이 사라졌어도 여전히 백인과 흑인의 삶의 질은 다르다. 어디 남아공 뿐일까. 인종 차별 인종학살비극은 도처에 퍼져 있다. 그리고 생생한 현장 감이 느껴지는 그의 작품 특히 2004년 남아공 감옥에 관한 심오한 탐구작인 '네 모퉁이Die Vier Hoeke'라는 대학 졸업작품은 각 종 상을 수상하며 이른 나이에 사진가들의 꿈인 매그넘 작가가 되었다. 그의 작품 '보퍼트 웨스트'는 남아프리카공화국의 케이프타운과 요하네스버그 중간에 자리한 특이하게 마을 중심에 있는 교도소 이름이다. 아직도 흑백 사이의 사회. 경제적 통합이 안된 고립된 이 마을을 그의 카메라는 담담하고 쿨하게 들여다본다. 내가 영국 사치갤러리에서 보았을 때 이 작가를 당연히 흑인이라고 생각했었다. 이 책을 써가면서 알게 된 그는 1981년생의 백인 젊은이어서 놀랐고, 그래서 사진이 더 강렬하게 다가왔다.

고통은 깊이있고, 끈끈하게 사람들을 이어준다. 물론 다는 아니다. 마음이 끌리는 이의 고통은 자기 일부로 스며온다. 이것이 사랑의 기회일 것이다. 참으로 우리는 자신에게조차 멀리 떨어져 산다. 그래서 많은 이들에게 멀어지는 건 당연하다. 우리는 주변 사람들에게 상처받고 또 그들에게 상처를 준다. 이때 피해 가거나 관계를 끝내지 말라, 진실로 사랑을

고통은 깊이있고, 끈끈하게 사람들을 이어준다

주고 받기 위해 치루는 과정이니까. 서로 간에 안개가 끼었으면 안개로 스미고, 강물이 있으면 다리 쪽으로 건너간다. 이런 생각을 하며 그날 나는 템즈강을 건넜다. 내 고단함을 안아 주는 사람이 내게 올 로맨틱한 상상을 하며…

시간을 어떻게 보내시나요?

존 스테자거

하루가 헛되지 않게 해주는 영국작가 존 스테자거Born 1949, in Worcester, UK 작품에 서성인다. 사치갤러리에서 화장실을 가는 입구에 그의 매력적인 작품 포스터가 걸려있는 모습.

하루가 헛되지 않게…

그 옆 다소곳이 앉은 여성도 눈에 들어왔다.

그는 고전 영화의 스틸 사진, 빈티지 그림엽서나 책의 삽화로 오래된 이미지를 콜라주하여 새로운 의미를 만들었다. 일종의 브라크와 피카소가 도입한 회화기법의 하나인 '파피에 콜레'다.

그의 작품을 말해주는 단어가 '하이브리드hybrid 즉, 잡종 모조 짬뽕'이라고 할 수 있다. 현대 예술의 특성이 하이브리드 가 된지 꽤 오래되었다. 그는 1972년 "예술을 위한 예술을 넘어서Beyond art for art's sake"란 타이틀로 예술이란 무엇인가 라는 질문을 던진다. 전시 타이틀은 관객을 혼란스럽게 했다.

"왜 이런 전시를 위해 시간을 보내시나요?
Why spend time on an exhibition like this?"

이 작품 제목으로 당신의 인생은 무얼 위해 살고 있나요? 혹시 당신이 인생 낭비하고 있다면 무언지요? 라는 질문까지 이어진다.

인생의 시련을 잘 이겨야 우리는 미생에서 완생으로 간다. 그 고난중에 인생을 미생으로 만드는 지루함. 사람이 지루하면 마음이 허 해진다. 배는 더 고프고, 그리움도 큰 법이다. 그럴 때 나는 존 래프맨 Jon Rafman의 작품을 만났다.

바람에 펄럭이는 하얀 빨래, 교통사고로 전복된 자동차, 하얀 천에 덮인 시신, 불타는 차, 거리에 날아가는 호랑나비 한 마리, 매 맞는 여자, 아이들… 그가 찍은 삶의 현장들은 놀랄 정도로 드라마틱하다. Google Street View의 시리즈로 잘

미생에서 완생으로 가기 위해 시련은 있다

알려진 예술가다. 뜨거운 오후 3시의 나른하고 권태로운 거리에 나비 한 마리 날아간다. 마치 누군가의 떠도는 영혼만 같았다. 캐나다 몬트리올 출신의 81년생이다. 그냥 사진이구나 했는데, 이게 범상치가 않았다.

이게 현실인가 싶을만치 비현실적인 느낌이었다. 그는 이 사진으로 도로 표지판을 찾을 길 없는 세상에서 나는 무엇인가? 우리는 무엇인가? 인생은 무어지? 라고 묻는 듯했다. 지루해하고, 배고프고 그리운 것을 못참는 몸만 있는 사람을 나는 본다.

그러면 작가 케이티 그랜넌의 인물들을 보자. 갈 길을 못찾는 게 아니라 아예 찾을 생각을 안한다. 그러면서 지루해하고, 권태로와 간신히 시간을 견디는 표정들이다. 케이티는 모델을 찾기 위해 지역 신문에 광고를 냈다. 참 꽝장한 용기다. 서로 처음 본 사진가와 모델은 서로 믿음이 단단하다. 잘 찍고 싶은 마음과 깊숙한 자신의 마음까지 끌어내 보이길 원했을 마음이 만나 비밀한 에너지를 안은 사진이 태어났다.

케이티 그랜넌의 사람들 표정은 왠지 저렴하고 천박해 보였다. 멋진 옷을 입고 나섰는 데도 초췌해 보였다. 사람은 선과 악, 아름다움과 추함이 동전 양면처럼 붙어 있다. 케이티는 추하고 악한 모습에 초점을 둔 것 같다. '이게 사람이야, 잘난 척, 강한 척은 그만 하라고. 약하면 약한 대로, 어리석으면 어리석은 대로 솔직해 보라고, 그게 어때서. 그게 사람이 가진 모습인 걸.'

이런 울림이 작품속에서 스며 나오는 듯했다. 전시장을 나와도 왠지 마음이 불편했다. 내 안의 어둡고 초라할 때 모습을 들킨 듯한 기분이 들어서일까. 당신은 누구지? 나는 누구일까? 다시 묻게 된다. 스스로도 낯설어질 때, 실망하고 챙피해 하면서도 조금은 더 겸손해질지 모른다. 불만도 없어지고,

강한 척 그만해 어리석으면 어때, 그게 사람인 걸

조금 더 내 앞길이 잘 보일지도 모른다. 그리하여 예술의 중요한 역할인 정서적 균형감을 되살리는 효과가 있을 것이다.

또한 인간의 선하고 순수한 근성 쪽으로 시선을 끌어당기고 있지 않을까. 인생의 시련이라 할 때는 극복할 수 있는 희망이 있을 때다. 시련이 아닌 운명은 무엇일까. 그 운명은 국가적, 사회적이랄 수 있겠다. 빈부격차가 심한 우리나라에서

무연고 죽음과 가난으로 인한 자살을 사회적 살해라 하면 과한 표현일까.

최근에 일본 전문 번역가 한성례 시인이 번역한 시집 중에 중국시인 톈허田禾의 시집 〈바람이 불었다〉가 참 좋았다. 보석같은 시들 중에 "고난" 아래 대목에 깊이 공감을 했다.

스스로 낯설어질 때, 실망하고 창피하면서도 조금 더 겸손해질지 몰라

만일 내가 죽으면 친애하는 여러분

아무쪼록 내 몸에서 고난을 꺼내 주십시오

내 목숨 중에 가장 소중한 것은 그것 밖에 없습니다

사람들이 가장 업신여기는 것도 그것입니다

이승의 고난이 있으면 전생의 고난도 있습니다

많은 식량의 원천과 토양이 칼슘

그리고 청결함과 내 본래의 체면도 포함되어 있을 겁니다

오랜 세월의 고난이 있는가 하면 짧은 시간의 고난도 있습니다

만일 그것들을 하나로 엮는다면

그것이 내 일생입니다 만일 한 구절 한 구절 꺼내본다면

모두 내 힘들었던 세월입니다 혹은

자질구레하고 비참한 삶의 모습입니다

고난과 실패를 통해 인생의 깊이와 낮은 곳에 머물 줄 아는 태도를 배우기만 한다면, 어느정도 마음의 성공을 이룬 것이다. 생의 깊이와 태도는 돈으로도 못산다. 실패를 통해 내가 누구인가를 묻고, 새롭게 각오하며 자신을 단단하게 만드는 일이 무엇보다 중요하다.

사람의 천성은 서로 비슷하지만
습성으로 서로가 멀어진다
공자

모험 정신이 이끄는 마술

매튜 데이 잭슨

이제는 어딜 가도 테러로부터 안전하지 않다. 언제 어디서
무슨 일이 터질지 모른다. 미국 쌍둥이 빌딩 테러 사건을 볼

틀에 박힌 생각을 깨고 나가야 새로운 빛이 보여

때와 테러와 마주한 충격은 잊지 못한다. 많은 사람들이 순식간에 잿더미가 되어 사라지는 것을 텔레비전으로 지켜보는 끔찍한 시대를 살고 있다.

레마르크의 소설 〈개선문〉의 라비크처럼 의지할 데 없는 인간의 유일한 무기란 "무엇이든 숙명적인 차분한 마음으로 받아들이는 것"이란 말처럼 숙명으로 받아들이겠지만, 숙명이란 말을 하고 받아들이기에는 뭔가 억울하다. 아직도 꿈이 많기때문이다. 우리는 끊임없이 꿈을 이루기 위해 창조적인 모험을 한다. 콜럼버스와 수많은 모험가들은 몇 백년 동안 폭풍우과 고난을 헤치고 새 땅을 찾아다녔다. 새로운 뭔가를 이룬 사람들은 늘 모험 정신으로 가득했다.

요즘처럼 인문학, 인문학 얘기하는 시대에 인문학 지식이 늘어나는 만큼 모험 정신도 함께 가야 한다. 틀에 박힌 생각이나 일상생활은 모험 정신을 귀찮아할 수 있다. 하지만 틀과 일상을 깨고 나와야 새로운 빛이 보인다. 예술은 모험 정신으로 이루는 마술이다. 마르셀 뒤샹이 "샘"이라는 마술을 보여주었고, 피카소는 끝없는 모험 정신으로 위대한 작품을 남겼다. 조선 시대 후기의 정선을 내가 좋아하는 이유도 그의 끝없는 모험 정신 때문이다. 당대 금강산 여행 열풍도 있

었지만 그가 좋아하는 금강산 그림을 새롭게 완성했기 때문
이다. 그러한 모험 정신으로 보기에 이쁘고 근사한 그림이
되기도 하지만, 세상의 어두움을 비추는 불빛이 되기도 한
다. 나는 영국 사치갤러리에서 만난 작가가 먼저 떠올랐다.
1974년 미국 부르클린 출신인 매튜 데이 잭슨Matthew Day
Jackson이 있다. 요즘 나는 그에게 꽉 붙잡혀 있다. 비디오에
서 조각, 회화, 콜라주, 사진 등 시각 영역의 모든 부분을 아
우르는 그의 작업도 재미있는 데다, 그의 인터뷰를 읽고 그
에 대한 신뢰감이 바위처럼 단단해졌기 때문이다.

나의 작품들은 항상 상실과 꿈에 대해 관련되어있어요. 자살
과 대조적인 대량학살, 공포에 맞서는 아름다움, 과학과 첨
단기술, 유토피아, 믿음 등등이죠. 사냥 경기에 대한 관심은
미국 문화를 이해 하기 위해 시작했어요. 또 그것은 예술계
에서 미술관, 갤러리들, 그리고 그들 간의 경쟁 구도 관계를
성찰하는 것이기도 하죠.

전투기 조종석을 활용한 대작이나 문명의 흥망성쇠와 우주
탐험을 소재나, 히로시마의 원폭 사건 등 작품 소재 스케일
등 참으로 다양하다. 현재 미국에서 이 시대에 가장 창의력

끝없이 꿈을 이루기 위해 창조적인 모험을 하기

있는 작가로 손꼽히고 있어선지 그의 작품은 1만 2000달러
대의 드로잉부터 주요 미술관에서의 전시가 이어지며 작품
값이 고공행진 중이란다. 금융과 부동산시장이 얼 수록 미술
품 거래 시장은 외려 활기를 띤다. 큰 부자들은 미래 투자가
치가 확실한 '차별화된 미술품'을 찾는다. 예술적 경쟁력이
있는 작가라면 국적, 연령, 장르는 문제가 안된다. 정확한 컨
셉과 조형적 아름다움을 가졌다면 된다.

그런데 이런 투자 가치를 점치는 일도 시스템안에서나 가능
하다고 생각된다. 모두들 그 시스템. 동그라미 안쪽으로 들
어가고 싶어한다. 늘 누구나 배곯거나 외롭고 싶지 않기 때
문이다. 앞으로 남은 생에 생을 더하기 위해서다. 생각만 해
도 기분좋은 생. 작가들의 기분 좋은 생은 모험을 떠날 때다.
작가들이란 늘 가슴 속에 모험을 떠나려는 생각들로 가득 차
있다. 누구보다도 진실을 향한 모험 정신이 컸던 체 게바라
의 시를 가슴에 안아본다.

아름다움과 혁명은

서로

대립되는 것이 아니다

얼마든지,

아름답게,

만들 수 있는 것을

아무렇게나 만드는 것은

결코,

바람직한 일이 아니다

아름다움과 혁명은

먼 데 있는 것이 아니라

바로

나의 손 끝에 있는 것이다

체 게바라. 나의 손끝

"아름다움과 혁명은 나의 손 끝에 있다"는 대목이 마음에 든
다. 나의 일과 생활을 충실히 해 나가는 것이 최선이다. 어떤
상황이든 넉넉한 마음으로 사는 것이 중요하니까.

인생의 배에 당신에게 꼭 필요한 것만 간단하게 실어둡시다. 될 수 있으면 당신의 배를 가볍게 만듭시다. 아주 편안한 가정과 간단한 오락, 한두 명의 소중한 친구들, 당신이 사랑하는 사람과 당신을 사랑해주는 사람, 한 마리의 고양이와 강아지, 그리고 한두 개 정도의 담배 파이프, 넉넉한 음식과 옷, 그리고 갈증은 위험하므로 아주 충분하고도 남을 만큼의 물을 갖추어.

위 제롬 클라프카 제롬의 글은 〈삶의 무게를 가볍게 하는 지혜〉에서 인용된 것이다. 한 번쯤 생각해볼 일이기에 펼쳐놓았다.

생활에서 쓸데 없이 끌고 다니는 물건이 얼마나 많은가 보자. 옷장을 들여다보자. 안 입는 옷이 꽤 있을 것이다. 쓸데없는 것을 잔뜩 안고 사는 우리 몸은 감옥이다. 그래서 꼭 필요한 물건과 일, 평생을 함께할 사람들과 따사롭게 삶을 이끈다는 것. 더이상 바랄 게 없으리라.

내가 태어났을 때 너무 놀라서 1년 반 동안 말을 할 수 없었다

그레이시 앨런

느닷없는 인연

노부요시 아라끼, 라즐로 모홀리나기

'자발적 청빈'에 대해 나는 생각해 본다. 푸를 청淸, 가난할 빈貧. 우리가 그토록 잊고 사는 청빈함을 마음에 모시고 산다. 이것은 겨울 소나무처럼 꿋꿋한 푸르름이다. 그 푸른 시선은 간보지 않으며, 계산이 없다. 부끄러움이 없게 부끄러워할 줄 아는 마음이다. 눈에 보이는 멋진 것들, 비싼 명품들, 이사 안다녀도 되는 집 한 채가 이제 나는 부럽지가 않다. 내 시선은 수도원의 수도자들에게 가 있을 때가 많아졌다. 내가 언젠가 메모해 둔 수도자의 강령들을 나는 되새김질 해본다.

교만을 버리고 겸손을 몸에 익힌다.
쉽게 흥분하지 않고 평상심을 지킨다.
사사로운 이익을 따지지 않고 오히려 손해를 무릅쓴다.

자아발견에 모든 기운을 쏟느라 지치는 대신 하느님을 추
구한다.
반론을 제기하는 데 힘쓰지 않고 순종을 몸에 익힌다.
포기하지 않고 버텨낸다.
자신의 약함에 침잠하지 않고 자신을 강하게 연단한다.
격정과 유혹에 자신을 내맡기지 않고 거기에 저항한다.
문제가 있으면 도피하지 않고 그 문제와 직접 맞선다.
자기 문제에만 맴돌지 않고 다른 사람의 어려움을 살핀다.
허약한 사람이 되지 않고 스스로를 단련하는 사람이 된다.

수많은 강령중에 일부다. 라디오에서 숱하게 흘러나오는 대
중가요 가사와도 멀리 떨어져 있는 내용이다. 더군다나 '웬
하느님, 웬 빌어먹을 신'하며 기겁을 하고 문 닫아버릴 친구
들도 많을 내용이다.

하지만 남의 인정을 받아 살아남으려는 이들과는 반대로 공
동체 삶속에서 세상의 평화와 남들을 배려하는 수도자의 삶
을 현대인들은 따를 수도 없고, 이해하기 힘들 것이다. 철저
히 개인적이 되어 고독하고 고립감에 시달리는 현대인들, 그
고독감을 이기지 못하거나 성과 욕망에 사로잡힌 이들에게

놀랍고 야릇해. 나를 끝간 데 없이 흔들어 볼테야

는 씨알도 안먹힐 것이다. 그런 씨알도 안먹히는 사람들의 세계.

특히 인간의 섹슈얼한 속성을 고집한 사진가 아라키 노부요시荒木經惟, 1940년. 일본가 수도자의 삶과 가장 반대에 있을 수 있겠다 싶어 그의 작품을 여기서 느닷없이 나는 들추려 한다.

그리고 너무나 황홀한 분홍색 벽이 바다처럼 출렁거리던 프랑스 삐악아트페어에서 만난 아라키 사진을 여기에 놓아둔다. 그 탐스런 분홍색 벽이 인생의 쓸쓸함, 복잡함, 기묘함을 지독하게 섹슈얼이미지로 찍는 아라키 사진과 잘 어울려서 한참 그 자리에 멈춰 서 있었다.

섹슈얼한 아라키 사진의 축제. 보는 것 만으로도 놀랍고, 야릇한 감흥을 일으키는 가학적인 사진이다. 감춰진 욕망을 끝 간 데 없이 흔들어 보려는 아라끼였다. 아라키 노부요시. 강렬한 엽기성과 서글픈 분위기가 타의 추종을 불허한다.

밤 도시의 간판이 황혼처럼 번질 때 색정의 무게. 흐르는 몸들에서 짙은 살 냄새가 풍기고 어딘지 모를 곳으로부터 휑한 바람이 불어온다. 쓸쓸해져 간판 불빛과 사람의 눈빛은 빨갛게 타들어갈 듯하다.

나는 그의 사진집 〈성적 욕망〉에 실린 사진들을 좋아한다. 누군가의 따뜻하거나 강렬한 손길. 서글픈 얼굴에서 진한 몸 냄새가 난다. 뜨거운 정사 후의 싸늘한 죽음을 닮은 우울한 칵테일이다. 아라키 사진의 향연이…. 여인의 하복부 다리와 다리 사이의 계곡 그 틈으로, 그 위로 넘칠 듯 흐르는 물. 보는 것만으로도 야릇한 감흥을 일으키는 사진. 그것이 권태 끝에 몰려든 기운이나 온몸에 붉은 열매가 짓이겨진 여인을 밧줄에 묶은 가학적 모습. 이는 쾌락 너머 괴로운 눈물을 보고 즐기는 사내의 잔인성을 떠올린다. 어떤 체념과 노예근성을 강요하는 가부장 질서에 침을 뱉고 싶은 마음과 관음증의 욕구를 충족하는 이율배반적인 상황을 엿볼 수 있다.
나는 내 사진이 진실이라고 주장하지 않습니다.

그렇다. 그는 자신의 작품이 진실이라고 외치는 게 아니다. 감춰진 욕망을 끝 간 데 없이 흔들어 보는 것이다. 인간의 욕망이란 몰골이 원래 저런 게 아닐까? 내숭을 떨거나 점잖게,

고요하지만 끝없이 물결치는 질펀한 욕망, 성욕의 바다를 그릇에 담아 놓은 것이 저렇지 않을까? 그의 사진들은 섹스에 관한 다양한 요리다. 성욕을 푸는 모든 방식을 보여 주는데 왜 그것이 추하지 않고 교묘, 미묘, 기묘의 맛으로 다가올까. 그의 요릿감이 온통 여자라는 데 불쾌감이 있으나 작가가 단지 남자이기 때문이라고 해석하며 속 편하게 보자.

사랑하든 사랑하지 않든 하나가 되어 흔들리는 안도감과 쾌감. 찰나의 행복감이 뭐길래. 너무나 새삼스러운 의문, 지금 방탄 소년단의 노래를 들으면서 '왜 방탄 소년단일까' 하는 의문을 함께 가지면서 말이다. 그렇다. 목소리가 주는 디지털 시대의 미묘한 섹시함이 호소력을 준다는 생각을 하면서….

그리고 그때 분홍색 벽에는 라즐로 모홀리나기Moholy-Nagy 1895~1945 작품도 걸려 나를 오래 머물게 했다. 시간을 들인 작품은 시간을 들여 바라보게 한다. 모홀리나기는 20세기 아방가르드 예술의 헌신적인 작가이자 이론가였다. 유태인으로 헝가리 부다페스트 법대를 다녔던 그는 1차 세계 대전에 참전하여 입원 치료를 받는 동안 시작詩作과 드로잉에 몰두했다. 제대 후 헝가리 문학지 등에 시를 기고하거나 살롱전에 그림 출품을 하며 법학도 꿈을 접고 예술가의 생을 선택했다.

회화, 조각, 무대 미술, 타이포그래피, 북 디자인, 사진, 영화, 건축 등 디자인과 시각 예술의 모든 분야를 넘나들던 전방위 예술가로 매체의 미학적 가능성에 대한 다양한 실험을 선보였다.

필름처럼 느닷없이 시작하고 느닷없이 끝난다

자꾸 들여다봐야 이해할 수 있는 것

전시도 언젠가는 느닷없이 끝나고, 작가도 언젠가 느닷없이 사라진다. 하지만 매혹적인 작품은 쉽게 사라지지 않는다. '나 자신을 깨닫게 하거나 사람이 이런 것이구나'하고 좀 더 깊이 들여다본다. 자꾸 들여다 보고 이해할 수 있게 하는 것. 생각하게 만드는 힘. 그것은 느닷없이 다가올 때 더 강렬하게 남는다. 작가는 예술사에 남고 만다.

닿을 듯 닿지 않는 당신

야마모토 마사오, 오노데라 유키, 김남진

하얀 커텐에 비쳐든 아침 햇살이 누워 있는 내 얼굴에 쏟아지는 걸 느낀다. 얼굴을 어루만지는 따스함에 젖어 눈을 다시 감았다. 문득 이런 생각을 하였다. 언제 어디서나 내가 지혜롭다면 내 마음은 늘 환한 햇빛을 품은 하얀 커텐과 같으리란 생각을 말이다. 기분이 좋았다. 하얀색은 무채색 중에서 가장 밝아서 순결, 숭고함 단순하고 순수함을 뜻한다. 고독과 공허함도 나타낸다. 흰옷을 즐겨 입었던 우리나라 사람들이 '백의민족'이라 불리워졌으니, 청결하고 정직하고자 하는 마음으로 살았을 것이다. 내가 기도하여 얻는 지혜가 있다. 다음의 그 지혜가 늘 생활 속에서 실천이 되면 기쁘겠다.

1. 그 무어든 당연하게 생각하지 않는다. 눈 비, 바람처럼 누군가의 친절함도.

2. 내가 틀릴 수도 있고, 옳지 않을 때도 있음을 인정하자.

3. 자기 살기 바빠 들어주기 힘들다는 것을 알고, 그냥 누구나 겪는 고통이라 여기면 좀 낫다

4. 결국 다 내 스스로 할 일이고, 어려워봤자라고 여기면 어렵지 않다.

5. 친구나 가족이라도 할 말 안할 말을 가려 해야 그 사이가 부드럽게 흘러간다.

6. 아주 조그만 배려에도 감사하다는 말을 꼭 전한다.

7. 몸냄새 입냄새에 신경쓰고 향수를 뿌려서라도 자신의 향기를 만든다.

8. 심각하게 여기지 말고 때론 그냥 접어둔다.

9. 시대의 흐름에 읽고 배움에 부지런히 한다.

10. 틈틈이 주변 물건을 분리 배출하는 습관을 들인다.

11. 외출은 러시아워를 피해 시간을 알뜰히 쓴다.

12. 늘 누군가 싫은 이가 있어도 좋게 생각하는 습관을 들인다.

13. 늘 미소짓는 습관을 들이면 남도 미소짓는다.

14. 음악이 나오면 춤추는 습관을 들이면 2시간은 행복하
    다.

이런 지혜를 몸에 배이게만 한다면 어딘가 깃들어 있을 행복
의 기운이 느닷없이 다가올 것이다. 그래서 내가 있는 자리
를 환히 밝혀줄 것만 같다. 그런 강렬한 기분이 들 때가 있다.
비록 그것이 무모한 생각이고, '그럼 그렇지 내게 그런 좋은
날이 언제 있겠어'하는 절망과 체념이 먹구름처럼 덮을 때도
있겠지.

그렇지만 마냥 환한 기분에 젖고만 싶은 오늘이다. 몸은 가
볍고 더 나은 미래가 보이는 듯 해서 깨어나고 싶지 않았다.
유리창엔 어느 새 아침 일곱 시의 햇살이 푸르게 비치고 있
었다. 잠을 더 자고 싶어 한 시간을 누워 있었다. 그냥 이렇게
누워 있는 것만으로도 피로가 풀린다. 저 하얀 커텐에 야마
모토 마사오의 느낌이 아련한 사진들을 느낌표처럼 간간이
깔아 두었다. 그런 상상을 하였다.

야마모토 작품들은 사진을 처음 배우는 사람들이 보고 따라
찍으면 좋겠다. 가장 적은 선과 면 만으로도 어떻게 사진 명

한때 사랑을 품었던 마음의 표정처럼

ⓒ아마미 쿠시카ᄒ

자신을 위한 홀로서기.
빛과 바람이 스밀 때까지
상처를 감싸안고…

품이 되는지 보여준다. 글을 쓸 때 필사가 기본이 듯 사진도
뛰어난 작품을 따라하다 보면 자기것이 생긴다. 노력이 절실
하면 반드시 자기만의 것이 더 분명이 이루어진다. 처음에는
누구나 따라 하며 큰다. 저마다 사람이 다르기에 따라 해도
다르니 용감하게 찍어라. 그러다 보면 자기만의 목소리, 색
깔이 보인다. 그처럼 풍경과 사물을 선과 면으로 보고 찍기
를 바란다. 우선 그의 말을 엷게 칠해두면서.

"나는 어떻게든 공부를 하여 나를 매혹시킨 선들을 촬영
해 넣을 수도 있으리라. 이런 것을 생각하고 있으면, 산이
산으로 되지 않고 구름이 구름으로 되지 않고 잊혀진 대
상이 잊혀진 대상으로 되지 않고…. 당연히 다른 사람에
게는 보이지 않는 대상이 내게는 보이게 된다."

마사오의 사진들만큼이나 쌓여가는 기억들. 사랑에 대한 기억…. 기억은 먼 시간일수록 내게 칼라가 아닌 흑백으로 남아간다. 하얀 인화지에 떠오르는 이미지들. 흰색의 상징은 순결이고 빛이라 신성함과도 맞닿는 만큼 무無. 아무 것도 없는 것에 대한 공포나 상실을 의미한다. 울고 싶은 욕구가 그치거나 승화된 상태. 내게 현기증과 현기증 틈새에 흰색이 출렁인다. 참 비밀스럽고 가슴치던 동유럽 영화 〈레아〉처럼 비밀스럽고 아름다운 이미지가 흰 색처럼 흐느낄 때처럼.

문득 오노데라 유키의 옷들이 하늘 위로 떠오른다. 왠지 낡

ⓒ오노데라 유키

영혼의 껍질같은 옷, 비로소 혼을 얻은 옷

아서 흰색에 가까워지고 있다. 사람과 더불어 희로애락을 겪고 비로소 혼을 얻은 옷? 내 느낌이 너무 비약했나? 옷장에 보관된 옷과는 달리 주인 없이 사진 속에 떠 있다. 떠도는 느낌은 배경의 하늘이 펼쳐졌기 때문이다. 오노데라조차 이 옷의 주인은 누군지 모른다. 하늘에 흘러다니는 구름, 시시각각 모습이 변화하며 낡은 옷은 그 자체로 독립적으로 아이덴티티가 표출되어 살아 있는 사람의 외투이다.

그러면 사람의 외투를 풀어 자유로운 누드 작업을 보자. 김남진의 폴라로이드 전사작업이다. 전시 기획자며 후학양성

바라볼수록 더 깊어지는

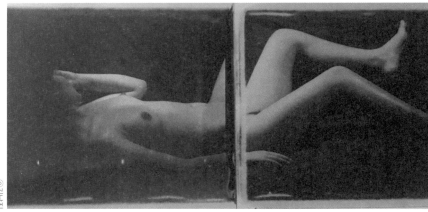

을 일군 작가로서 사진만의 특성을 살리는데 중심을 두었고, 그 중 폴라이드 전사방법이 그 하나다. 이것은 필름 이미지를 보통 사진인화지로 옮기지 않고, 한지나 판화지에 옮기는 방식이다. 폴라로이드가 1회성인데, 더 심해지는 1회성이랄 수 있다. 작업도 까다로운만큼 극도의 1회성이 판화지의 숨결과 만나 깊고 아름다운 이미지를 만든다. 작품속의 흙빛은 자연의 가장 근원색이라 볼수록 더 깊어지는 매혹이 있다. 나도 이 전사 작업을 배우긴 했다. 문득 해보고 싶은데, 틈이 안난다. 너무나 흔한 말 '다 때가 있어서' 그 타임을 놓치면 다시 기회를 만들기는 쉽지 않다. 어떤 작업이든 잘 풀릴 때 집중해서 많이 하는 게 상책이다.

흰 구름이 흘러가는 한 자락이 나이트 가운처럼 편안해 보인다. 나는 그 하늘 위에 시 한 수를 흘려놓고 싶다.

　당신이 가까이 오면 왜 눈물이 날까

　바람이 불면 어디론가 사라질 것 같고
　비가 내리면 비누처럼 쉽게 녹을 것 같아
　어두워지면 나를 못 찾을까 조바심치고

일이 고되고 고되면
당신 어깨가 언덕같이 굽어질까 걱정되고
날이 흐리면 당신이 안 보일까 내가 헤맨다

정처 없이 헤맬 때
가까이 오는 당신
북처럼 둥둥 울리는
당신 모든 슬픔 끌어안는다

나의 넷째 시집 〈침대를 타고 달렸어〉에 실린 시 〈당신이 가까이 오면〉다. 대학가요제 대상팀 "에밀레"팀의 가수 심재경 씨가 나의 시 〈바다를 보면 바다를 닮고〉와 함께 작곡한 이 시의 노래는 유튜브에도 나온다. 작곡을 곰국같이 깊은 맛이 우러나게 참 잘 하셨다.

"엄마, 이 노래는 '걱정 말아요'처럼 나중에 크게 알려질 거 같아. 영화 배경음악에 쓰일 것 같은 기분이 들어"

딸의 예감이 재밌는데, 덕담은 늘 즐겁다. 어떤 사무치는 그리움, 아쉬움이 있어 나는 이렇게 썼을까? 그 당시가 아니면 다시 살아나기 힘든 게 그때만의 감정인데, 아마도 애틋한 사랑이 그리웠을 것이다. 자신을 낮춘 사랑, 자신을 낮춰 귀를 기울이는 사람들의 모든 행동은 애틋하다.

내가 있는 자리에서 음악이 계속 흐르고 있다. 늘 음악이 흐르게 해야 그 리듬을 타고 힘을 얻는다. 그 가락따라 작업을 한다. 나는 팝송 클래식 재즈, 국악 가리지 않고 즐긴다. 그리고 일할 때 늘 듣는 응원 팝송이 있다. 제목은 잊었다. 이제 잊는 일들이 습관이 되고 있다. 그 잊혀짐이 있어 건강히 살아지는 거겠지만 잊어서 사람은 그 상실감에 목메이지 않는가.

그 속절없이 잊고 사라지는 인생을 기록하고 이미지를 남기려는 안간힘이 시쓰기다. 예술하기다. 한시간이고 두시간이고 나만의 음악 속에서 일의 집중도는 더욱 높아진다. 지금은 '오버더 레인보우'가 흐른다. 삭막해지는 현실을 뛰어넘고 벗어나려 음악을 듣는지 모른다. 이게 아닌데, 진정 향기로운 인생은 이것이 아닌데 하며 선율에 실려 슬픔을 뛰어넘는다. 뜨거운 날의 그늘같은 고독감도 더없이 뜨겁게 슬픔을 꼭 끌어안는다.

사랑하는 연인을 잃었던가. 이별을 하던가, 믿던 이에게 배신을 당하거나 갑작스런 사고를 당하고 가족을 떠나보내거나, 살아서 우리가 겪는 슬픔은 늘 느닷없어 더 아픈지 모른다.

오래된 매혹

조르마 퓨러넌, 김녕만, 정명식

하얀 눈이 펑펑 내리는 날. 눈은 언제까지 봐도 질리지 않다. 질리기 전에 항상 눈은 그치고 만다. 그렇게 내리던 눈이 멈추듯 사랑이나 고통도 언젠가 끝이 난다. 그 끝은 또 다른 사랑과 우정을 부르니 만사 조급할 게 없다. 그러나 젊음은 조급한 게 특징이라 마음을 잘 다스려야만 한다. 나이가 들어간다는 건 그 마음이 젊은 날보다는 요동치지 않는다. 요동칠 일을 잘 만들지 않는다. 나는 그렇게 되었다. 흔들리고 어두워져도 균형감을 잘 잡을 수 있어 참 좋다. 이런 균형감도 그냥 오지 않는다. 무진장 괴롭고, 죽을듯이 슬퍼봐야 깨닫는 것 같다.

나는 어릴 때 무수한 꾸지람 속에서 자랐음을 솔직히 고백한

가본 적이 없어 더 매혹적인 땅

칭찬처럼 하얗게 눈이 쌓어라

다. 하도 1등만 하는 형제들 속에서 내 스스로 2, 3, 4등을 선호하다 보니 칭찬받은 기억이 많지 않았다. 어느 순간부터 상황이 바뀌기 시작했지만, 지나 보니 그 많은 꾸지람도 칭찬과 동전 양면의 차이임을 서른이 넘어서야 깨달았다. 지금은 야단 많이 맞고 자란게 나를 화통하고, 연민과 이해심많게 한 것 같다. 그래도 꾸지람보다 칭찬이 기분 좋기는 하다. 언젠가 읽은 "광고는 칭찬하는 방법을 가르쳐주는 최고의 스승"이라는 말을 떠올려 본다. 지금 나는 칭찬처럼 하얗게 눈이 내려 쌓인 사진을 편다.

마음의 때까지 덮어버리는 백야의 나라. 유럽 최북부 지역인 라플란드는 핀란드, 스웨덴, 러시아 사람들이 가진 민족의 우월성 강조로 그곳에 사는 사모스 사람들의 가치는 드러나지 않았다.

유럽에서 가장 황무지 중 하나인 스칸디나비아 반도인 라플란드에 대해 지도나 그림, 유명한 책을 만든 사람들은 실제 여행하지 못했다고 한다. 아마 이 지역도 오래도록 잊혀지지 않는 책 〈오래된 미래〉에서의 라다크 지역이나 부탄이 현대 문명사회의 손이 덜 닿았기에 소중함을 간직했으리라 생각

한다. 그 소중함은 아무도 가난하다 느끼지 않으며, 깊은 생
태적 지혜로써 풍요로운 공동체 삶을 누리기 때문이라 본다.
나는 천천히 사진들을 들여다보았다.

눈 쌓인 대지의 풍경. 언젠가 본 핀란드 영화 〈레스트레스〉
의 후반부의 핀란드 풍광이 눈앞을 스친다. "우리가 죽음을
겁내는 건 혼자만의 싸움이기 때문이다"라는 말도 스쳐간다.
그 영화에선 마악 눈이 퍼붓는 핀란드 풍광이 가슴을 치던
데. 까마득한 곳까지 하얗게 뒤덮여 적막해진 기운은 오래도
록 가슴에 머물렀다.

사진가 조르마 퓨러넌의 작품 속 땅을 가본 적이 없다는 사
실에 매료되었다. 그의 사진만으로도 그곳은 충분히 매혹적
이다. 사모스 섬의 역사는 이주와 약탈과 정착의 연속이다.
비서양 문화의 이해와 표현, 개척의 길을 향한 에너지가 길
게 펼쳐져 있다.

사진가 조르마는 이처럼 새로운 곳, 모든 꿈이 열려진 공간
을 창조하고 싶었다. 그곳을 향한 그의 특별한 시야는 라플
란드와 특별한 결속감을 만든다. 대지에 놓여진 글은 아름다
운 광경을 그대로 보는 것을 방해한다. 언어와 풍경 사이를

따라가다 보면 그 공간은 무척 특이하여 끝없이 꿈꾸게 한다. 그리고 지금의 사람들보다 앞서간 이들을 생각하게 만든다. 노벨문학상 수상자 쉼보르스카의 〈가능성〉를 읊조리게 한다.

나는
영화관을 더 좋아한다.
나는 고양이들을
더 좋아한다.
나는
바르타 강변의
떡갈나무들을
더 좋아한다.
나는 도스토예프스끼보다도
디킨스를
더 좋아한다.
나는
실이 꿰어 있는 바늘을
더 좋아한다.
나는

추울텐데, 애틋해라

녹색을
더 좋아한다.
나는
내 눈은
투명하지 못하기 때문에
나는
사람들을
더 좋아한다.
나는 여기에서
교환하지 않은
많은 물건들을
더 좋아한다.
나는
숫자 속에 배열되어 있는
0보다도
사용되지 않고 있는
0을
더 좋아한다.
나는
별들의 시간보다는

©김남민

곤충들의 시간을

더 좋아한다.

나는

되받아서 문을 두드리는 것을

더 좋아한다.

나는

얼마나 더 기다려야 하고

언제까지 기다려야 하는지 등을

묻지 않는 것을

더 좋아한다.

나는

존재하는 것은

그것대로 존재가치가 있다는

가능성을

배제하지 않는 것을

더 좋아한다.

거장의 큰 시선을 가진 이 여성 시인의 시들을 깊고 유장하
다. 오래된 유적을 마주할 때의 느낌과 닮아있다. 어떤 가능

성도 다 끌어안은 것을 좋아하는 그녀가 좋다. 그녀의 선조들의 인생에서 '돌아올 수 없는 먼곳으로 서로 밀어낼 수 없다'는 시귀가 위안이 된 적이 있었다. 그 무엇도 영원하지 않으며 삶은 길어도 항상 짧다는 것은 뼛속깊이 공감되어 아프다. 진실은 늘 아프다. 아파서 아름답다. 어떤 아름다움이 아픔없이 올까. 창작자들을 성장시키는 것은 오래된 매혹 속에 숨어있다. 창을 흔들어대는 흰 눈보라만큼이나 마음을 휘젓는 옛 것에서 새로운 힘을 찾게 된다. 젊은 날보다 나이들수록 오래된 매혹 속에서 살고 싶어진다. 언젠가 우리도 낡아지며, 아득한 망각 속으로 던져지기 때문일지 모른다.

그러면 다음 한국사진가들의 작품들 중에 한국의 애틋한 풍경 김녕만 사진작가의 〈고향〉 속으로 가자. 돼지를 짝짓기 시켜 새끼를 낳게 만들려고 리어카에 실어 눈보라를 헤치며 가는 사진이 시정이 넘친다. 내 어린 날에 돼지 키우는 집이 많았다. 버려진 음식이 없을만치 사람이 먹고 남은 음식은 돼지와 개에게 주던 기억이 난다. 돼지를 리어카에 싣고 가는 풍경은 더 이상 없다. 여기에 오래전 풍경의 기록, 그 위력이 있다. 김녕만의 많은 사진들은 한국인의 대표적 한恨의 정서보다 해학적인 시선이 돋보인다.

산다는 건 눈보라를 헤치며 가는 거야

천년 고찰의 비와 눈과 바람에도 꿈쩍 않는 통렬한 위엄

ⓒ정묘식

또 한 장의 사진은 한국 전통미의 진수를 보여주는 젊은 사진가 정명식의 작품이다. 그가 궁궐 한옥 목수라 더없이 믿음직스런 한국 정신의 기록자로서 그 지평을 넓혀가리라 기대된다. 누구보다도 한국에 대해 고뇌하고, 탐구하고, 현장에서 일한다. 그 현장은 일반인들은 찍을 수 없는 금지 장소, 찍기 힘든 시간대가 사진을 더 흥미롭게 주목시킨다. 양산 통도사 촬영된 돌담은 천년 고찰의 비와 눈과 바람에도 꿈쩍 않는 통렬한 위엄을 보여준다. 하늘과 땅 나무와 돌과 사람은 따로 떨어져 있으나 그 모두가 하나가 되는 물아일체의 깊이까지 맛볼 수 있다. 천천히 그를 성장시키는 것들 속에서 작품이 어떻게 변해갈지 궁금하다.

더 행복해질 거예요

리게네 디크스트라, 트리네 쇤더고르

그래서 더 행복해지려고 애쓰고 있어요. 더 행복해지려고 안전한 직장을 관두고 더 행복해지려고 커피를 타고 커피 속에 눈과 비도 넣어보고요… 나는 더 행복해지려고 메모하였다. 나는 더 행복해지려고, 스물 일곱 살에 읽은 《빈센트, 빈센트, 빈센트 반 고흐》를 다시 보았다. "아름다운 늙은 여자"란 대목이 눈에 들었다. 늙어서 더 아름다운 여자들은 어떤 사람일까? 내가 생각하는 미인은 고달픈 가사 노동 속에서도 늘 배우고 늘 탐구하는 여자였다. 지금도 내게 미인은 똑같은 뜻이다. 작가들도 끝없이 탐구하는 이가 좋고, 끝없이 눈물겹게 애쓰는 사람이 좋다. 그렇다고 매일 눈물을 흘리라는 뜻은 아니다. 어쨌든 배우고 탐구하는 자를 나는 선수라 부른다.

수없는 세월 속에서 여성들은 가사노동으로 파묻혀 자기능력을 키우지 못하고 사라져갔다. 버지니아 울프 〈나만의 방〉에도 나오는 얘기다. 자기 자신이 누구일까 물을 새도 없이 남성권위주의가 만든 여성상이 당연한 줄 알고 살다갔다. 여성 역시 남성의 세계를 재작년 드라마 〈미생〉을 통해 간신히 알았을지 모른다. 전업 작가인 나 자신도 글과 사진을 찍고, 독서와 자식 양육까지 해야 하는 슈퍼 우먼의 고달픔을 넘어서려 애쓴다. 간간이 내게 통풍구가 되어주는 것이 영화관람과 전시장 가는 일이다. 최근에 나는 소녀친구와 사진전을 같이 보았다. 보는 내내 이 나이에 무얼했지? 내 스스로에게 질문을 던졌다. 그만큼 몽롱하게 살던 나의 청소년시절과 달리 질러 버리는 청춘들이 부럽기까지 했다. 해보고 싶었던 모든 것들을 해보려는 청춘의 열병든 친구들이 아름다웠다. 생각과 따로 노는 몸이 아니라, 생각대로 몸이 움직이는 친구들을 촬영한 작가들도 행복했을 것이다. 이 전시와 어울릴 만한 젊은 시인 신철규의 매력적인 시 "유빙流氷"의 부분을 읊으며 사진을 바라보고 있다.

당신은 시계방향으로,
나는 시계 반대방향으로 커피 잔을 젓는다
맞물린 톱니바퀴처럼 우리는 마지막까지 서로를 포기하
지 못했다
점점, 단단한 눈뭉치가 되어갔다
입김과 눈물로 만든

유리창 너머에서 한 쌍의 연인이 서로에게 눈가루를 뿌리
고 눈을 뭉쳐 던진다
양팔을 펴고 눈밭을 달린다

꽃다발 같은 회오리바람이 불어오고 백사장에 눈이 내린
다
하늘로 날아오르는 하얀 모래알
우리는 나선을 그리며 비상한다

이 시에는 청춘의 대표적인 특성을 보여주는 시귀가 있다. 비유도 멋진 '맞물린 톱니바퀴처럼 우리는 마지막까지 서로를 포기하지 못했다.'에서 포기못할 마음이다. 하지만 한국의 우리 시대는 7포세대란 말이 젊은 청춘의 상징이니 우울하고 슬프다. 나는 소녀 친구에게 젊은 애들이 줄을 서서 보는 이 사진전을 어찌 생각하느냐고 물었다.

"작품이 대단하다기 보다 커다란 전시장의 코디를 흥미롭게 했고, 사진을 통해 특히 우리나라 여성들은 자신이 누리지 못하는 자유를 대리만족하고 부러워하는 게 아닐까 싶어"

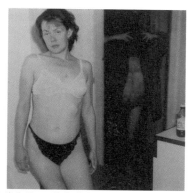

죽기 위해 살고, 살기 위해 매일 다시 태어나요~

친구의 대답은 우리도 얼마든 저렇게 자유롭게 찍을 수 있는데, 국가에서 막을 걸, 하며 마무리를 짓길래 웃음이 나왔다. 한국사회는 아직도 여자가 살기에는 피로한 나라임을 청소년 애들도 희망없이 말하였다. 네이키드한 여성 알몸 사진들은 자유와 행복의 상징으로 읽혀지니 시원한면서도 씁쓸하였다.

우리는 상처받기 쉽고 민감한 개인들이다

어쨌든 더 행복해지기 위해 죽도록 공부하고 탐구하자. 추구하는 자에겐 현실의 고달픔보다 배운다는 기쁨이 큰 법이다. 리게네 디크스트라1959년생. 네덜란드. 그녀의 주제는 사람에게 직접적으로 다가가기에 그들 얼굴과 신체에 나타난 불안정함을 쉽게 읽을 수 있다. 그들은 그들만의 비밀을 가진다. 그녀가 찍은 사람들10대, 젊은 투우사, 막 출산한 여성까지은 변화과도기 단계에 있는 상처받기 쉽고 민감한 개인들이다. 그들 상황은 불확실성, 자세, 옷 그들 피부에서도 영향받는다.

덴마크의 트리네 쇤더고르의 작품은 외설적인 순간을 담는 게 아니다. 외설적인 순간이 아니라 고객과 함께 있거나 중앙역 주변에 쉬는 매춘부라는 비인간적인 직업으로 어떻게 살아가고 살아남는지 2년간 탐색했다. 이런 모습을 찍는 그녀도 대단하지만, 그런 모습을 당당히? 찍히는 유럽의 분위기가 대단하다. 우리나라는 찍거나 찍힐 경우는 쉽지 않다. 문득 죽기 위해 태어났다는 어떤 노래가 흘러나온다. 하지만 결국 살기 위해 태어난 것이다.

"나를 계속 웃게 해줘요, 우리 취해요, 인생은 길고, 우린 계속 해야 되요, 행복해지려고 노력해봐요"

세상에 진 빚을 다 갚지 못해
나는 자살하지 않았다

나는 더 행복해지려고 매일 음악을 듣는다. 지금은 이범용 한명훈이 부르는 〈꿈의 대화〉, 스콘 메켄지 의 샌프란시스코, 방탄소년단, 재즈, 클래식 바하 등 가리지 않고 유튜브 속을 떠돈다. 노래를 들으며 일하면 인생이 기쁘다. 몸 움직임도 훨씬 가볍다. 이렇게 노래를 매일 듣는 세상이라면 많은 범죄가 줄지 않을까. 어쨌든 우리는 행복해지려 애쓰고, 또한 그걸 나누려고 애쓰는 것 또한 사랑하며 사는 일이다.

  그들은 당신을 비좁은 관 속에 가두고
  쾅쾅 못질을 했다
  하고 많은 사연 빼곡이 담긴 편지를
  누렇고 거친 봉투에 집어넣듯

106

빨간 우체통에 던져 넣은 편지 한 통처럼
그들은 당신을 화장터 뜨거운 불구덩이에 쑤셔 넣었다

… 장님 그것은
우표를 붙이고 스탬프를 쾅 찍어
멀고 먼 어느 나라로 띄우는 편지같은 것

쓸쓸한 느낌이 가슴을 막히게 해. 이게 인생이야

©조 래녀드

지센의 〈화장〉이란 시처럼 죽음이 멀고 먼 어느 나라로 띄우는 편지,라는 귀여운 느낌도 상실감을 가볍게 할 수 있으리. 우리가 하느님께 향하는 길을 슬퍼만 할 시간이 없다. 자살은 왜 하냐, 라고 물을 때 멀리 또 한 사람이 목매달아 죽은 사진이 보인다. 조 레너드Zoe Leonard, 1961년생, 미국의 사진이다. 여기에 소개한 그녀의 사진들. 빨랫줄에 널린 빨래처럼 한 사람이 나무에 목 매달아 죽은 모습이다. 이것을 무섭다 말하지 말자. 이 무서움조차 우리가 품어야 할 존재의 한 모습이니까.

그녀는 자신 안에서 녹아들고 서로 맞서는 극과 극 사이에서 존재한다. 레즈비언 페미니스트로서 그녀는 소외된 집단의 자유와 권리를 위해 헌신적이다.

그녀는 잘 알려진 작품 중의 하나인 포스터 〈나의 입술을 읽으세요〉를 만들었는데, 거기에는 "닫히기 전에 나의 입술을 읽으세요"라는 문구와 함께 여성의 질이 그려져 있다. 이 문장은 미국 의사들이 '낙태'라는 단어를 사용 못하게 법이 금한 것을 암시한다. 그림 한가운데 레즈비언 페미니스트가 여봐란 듯이 질을 보여주지만 분명하게 감정은 없다는 사실.

다음과 같은 질문을 던질 수 있다고 한다.

'누가 여성의 신체와 여성의 사진을 조절해 왔는가?'
'동성애적인 주제에 대한 검열로 이룬 것이 무엇인가?'
'어떻게 여성의 성적인 기관이 성적 효과 없이 나타내질
수 있는가?'

우리가 심각하게, 인상을 찌푸리며 찬찬히 생각해볼 대목이다. 그녀의 사진에 정치적 행동주의 언어와 어딘가 쓸쓸한 시적 분위기의 감각적 색조가 잘 섞여 있다. 사진 어딘가 그 쓸쓸한 느낌이 가슴을 꽉 막히게 하면서 '이게 인생이야!'하는 뇌까림이 가늘게 터져나온다.

몇 번이고 몇 번이고 절망이나 죽음과 철저히 대면해 살고자 하는 마음은 삶의 엑기스를 건져올린다. 삶이 죽고 싶을 만큼 고단해도 불평을 하기엔 우리 삶이 너무 짧다.

오래 전에 신문에서 읽은 칠레의 작가 이사벨 아옌데의 인터뷰 기사 중에 한 대목이 깊이 와 닿는다. 그녀는 할아버지 손에서 자라 그 영향이 지대했다고 한다. 그 할아버지 생전의 말씀 중에 잊지 못할 금언은 "불평하지 말아라"였다는데…. 그만큼 자신의 인생은 스스로 책임져야 하는 것이고, 불평하기보다 매순간 감사해야 할 만큼 삶이 귀하다는 얘기다. 스피노자도 이런 말을 했다.

"야유하지 말고, 한탄하지 말며, 악담하지 말라. 하지만 이해하려고 노력하라."

이것이 더 행복해지기 위한 노력임을 안다. 생활에서 자잘하게, 혹은 갑작스런 사건이나 고통으로 괴로울 때 그 의미를 묻고 이해하려고 노력한다면 괴로움 너머에 해가 뜨리라. 뜨끈뜨끈한 해가.

어린 시절 우리는 어른이 되면
더이상 나약하지 않을 거라 생각했다
하지만 어른이 된다는 것은
나약함을 받아들이는 것이다
살아 있다는 것은 나약하다는 것이다
매들린 랭글

사랑한다는 것은 전체를 본다는 것

닉 나이트

얼마 전에 하얀 눈이 내렸다. 그렇게나 기다렸던 눈이었다. 하지만 눈발을 즐기고 바라볼 틈 없이 바빴다. 하루 이틀이 지나서야 눈 내렸던 풍경을 떠올릴 뿐이었다. 그날 버스를 타고 가

바라보며 사랑받는 느낌을 갖는거야

면서 생각했었다. 도시 곳곳에 골고루 쏟아지는 눈에 왜 감동을 할까. 묻고 답을 구하면서 통의동 거리를 보니 풍경은 흰 눈에 물들었고, 느린 걸음으로 사람들이 지나갔다. 하얀 눈발을 바라보거나 맞는 일이 감동스러운 건 사랑받는 느낌때문이라고, 고개를 끄덕였다.

그러면 도시 전체에 흩날리는 눈발이 사랑이라면, 사랑한다는 것은 무엇일까? 오래 전에 읽은 신앙 서적에서 어느 말씀이 떠올랐다.

"사랑한다는 것은 그 사람의 전체를 본다는 것"

깊이 꿰뚫어보는 해석이 몹시 마음에 들었다. 눈오시는 날에는 특히 시인 백석이 생각나고 백석의 "적경"을 읊고 싶어진다.

신 사라구를 잘도 먹드니 눈 오는 아츰
나어린 안해는 첫아들을 낳었다

인가 멀은 산중에
까치는 배나무에서 즛는다

컴컴한 부엌에서는 늙은 홀아비의 시아부지가 미역국을
끓인다
그 마을의 외따른 집에서도 산국을 끓인다

눈오는 아침에 나이어린 아내가 아들을 낳았고, 늙은 홀아비
의 시아부지가 미역국을 끓이는 풍경묘사가 빛난다. 묘사만
으로 시는 수작이 된다. 묘사보다 설명이 앞서버리면 시는 도
망가 버린다. 단순하게 묘사하면 깊고 아름다운 시가 된다. 흰
눈이 내리는 모습이 모든 더러움을 덮어버리는 순결함 속에
서 아기가 태어나는 순백의 미가 그려진다. 아기 탄생을 축복
하듯이 눈이 내린다. 가슴에서 금 긋지 말고 사랑하라. 사랑하
라, 하며 눈이 내리는 것만 같다.

비도 바람도 구름도 경계선이 없다. 모든 자연은 금을 긋지 않

는다. 오직 사람의 마음만이 금을 그으면서 슬픔과 상처를 만드는지도 모른다. 그러면서 우리는 얼마나 사랑을 갈망하는가. 얼마나 빛나는 순간을 만나고 싶어 하는지. 김일영 시인의 시 〈서로〉는 시인의 딸과 함께 탄 버스에서의 한 순간을 짧지만 빛나게 그려냈다. 서로의 무게를 지탱하며 잠시 눈부신 순간을 말이다.

버스 창가에 앉은 어린 딸이
내게 기댄 채 잠들었다
저를 모두 올려놓고
돌처럼 고요한 아이

나는 새 잎을 올려둔 고목같이
경건하다

우리가 겹치기까지
멀고 먼 시간을 생각하면
서로의 무게를 지탱 하느라
우린 잠깐
이토록 눈부시다

서로의 무게로 기대며 잠시 눈부신 순간

116

오늘은 그 하얀눈처럼 모든 경계를 넘나들며 작업하는 사진가들을 살펴보고 싶다.

먼저 대림미술관에서 인기리에 전시 중였던 닉 나이트를 살피겠다. 그는 하얀 눈처럼 패션과 사진, 회화와 영상을 넘나들며 창작의 자유로움을 만끽한다. 영국에서 태어난 그는 심리학자인 아버지를 따라 프랑스 파리에서 어린 날을 보냈다. 4살 때 "너는 의사가 돼야 해"라는 어머니의 뜻을 따라 그는 대학에서 화학과 생물학을 전공하다 본머스앤풀 예술대학에서 사진을 공부하며 자신이 원하는 것을 맛보게 된다.

그의 전시에서는 눈에 익숙한 대중문화 아티스트들이 관객들을 맞이한다. 레이디 가가와 케이트 모스, 나오미 캠벨 등의 사진들이 친밀감을 준다. 그는 재학 시절 발표한 '스킨헤드'로 크게 주목받은 후 세계적 디자이너 알렉산더 맥퀸, 비요크 등 디자이너들과 손잡는다. 다양한 방식을 넘나드는 가운데, 그는 사회에서 금기시되거나 소외됐던 장애나 차별, 폭력과 죽음과 같은 가치관을 패션과 연결시킨 사진들이 상업성을 뛰어넘는 매혹적인 작가정신으로 빛났다 '거침없이 아름답게'라는 타이틀로 연 닉 나이트 사진전. 그리고 초기 작품부터 아시아에서 처음 공개하는 작품까지 총 180여 점이 소개되는 데이비드 라샤펠의 전은 볼만했다.

그의 사진에도 마이클 잭슨, 레오나르도 디카프리오, 안젤리나 졸리, 마돈나 등의 유명 할리우드 스타들이 대거 등장한다. 이 두 전시를 오랜만에 하얀 눈이 흩날리던 날에 구경하여 더 강렬하게 남은 듯하다. 모든 경계를 지우는 눈이 더 각별했다. 모든 경계를 지우려는 흰 눈처럼 내가 느낀 통섭을 얘기하겠다.

　　통섭은 대세다.
　　통섭은 원시시대부터 있어왔다.
　　통섭은 인간의 본능이다.
　　잇고 연결짓고 벽이란 벽을 부수고,
　　전체로 보려는 무의식적 욕구의 방식이다.
　　통섭으로 전체를 보고 부분이 아닌,
　　전체를 사랑하려는 인간의 본질이 뿌리내려져 있다.

척 많이 고민했던 걸로 안다. 은둔의 시인으로 죽어서 유명해진 디킨슨이 살아생전 원예사로 더 많이 알려졌음을 어제 알았다. 그녀는 어린 시절부터 식물의 왕국을 경애했다. 숲 속에 매혹된 그녀는 야생화를 말려서 라틴명으로 세례를 주어 식물에 관한 책을 만들기도 했다. 30대부터 디킨슨은 하루의 많은 시간을 상당히 큰 집 들판을 돌아다니며 보냈다. 디킨슨의 많은 시들은 그녀의 특별한 정원에 대해 직접적으로 묘사하고 있다.

웃음소리같이 울려퍼지는 사실풍경과 가상풍경이 이어지는

ⓒ타임스클리프키

또 다른 하늘이 있어

언제나 고요하고 맑지,
그리고 또 다른 햇빛이 있어,
비록 그곳에서는 어둠일지라도 말야
시든 숲은 걱정 말아, 오스틴,
침묵하는 들판도 걱정 말아
여기 자그마한 숲이 있어
그 숲의 잎사귀는 늘 푸르르지
여기 더 밝은 뜰이 있어
그곳은 여느 때와 같은 서리는 없어
시들지 않는 꽃들 속에서
난 그 해맑은 벌이 콧노래 부르는 걸 듣지
부디, 나의 남동생아,
나의 뜰로 들어오거라!

디킨슨의 이 시는 사람들이 있는 정원이다. 남동생이든 누군
가든 사람을 불러 함께 하고픈 시들지 않는 꽃들로 가득한 들
판이라니 상상 만해도 기쁘다. 신선한 쾌감에 잠길 수 있다.
그래서 사람이 없는 들판은 오래 못있는다. 우리는 사람과 어

우러져야 살 수 있기 때문이다. 봄 냄새를 맡으며 타마스 발리크즈키에 대해 살피겠다. 나는 컴퓨터로 한 작품에 커다란 매력을 못느끼는데, 그의 작품은 왜 이렇게 했을까 궁금하다.

살펴보니 그는 수년 동안 컴퓨터에 대해 연구하고 작업해온 미술가 중 한 명이다. 오래 전에 유행되었지만 그 깊이는 그의 작품에서 분명히 나타나고, 새로운 컴퓨터 미적 공간에서의 중요한 부분을 섬세하게 표현한다. 그는 사람을 찍었지만, 지금 이곳에는 없는 사람들 이미지 같다. 그들이 웃고 있지만, 그 웃음만 물결처럼 번져올 뿐, 사진속의 사람들은 이미 기억 속에 산다. 그러면서도 타마스 발리크즈키의 사진은 사실 풍경과 가상의 풍경이 오버랩 되어 환상적인 기분도 든다. 그는 카메라와 가상세계 사이의 상호작용을 탐구했다. 정원에서 놀고 있는 아이는 세계의 중심이 된다. 그가 움직이면 그를 중심으로 모든 풍경이 변한다. 나는 그때를 떠올리며 공간의 의미에 대해 생각한다. 어떤 물건도 어느 공간에 놓여 있느냐에 따라 달라지니까.

색, 촉감, 냄새에 의해 만들어지는 로맨스

그리고 사진가 자리나 빔지도 그녀 마음의 극장인 기억을 표현했다. 런던 골드스미스대학에서 미술을 전공한 그녀는 사진 작품에서 정원에 초점을 맞춰 자신의 기억을 비춰보는 것 같다. 서로 다른 정원들, 그 아이디어는 유럽의 문화에 대한 은유적인 역할을 한다. 우리는 우리만의 정원이 있듯, 유럽은 유럽만의 전통적인 정원이 잘 발달되어 있다. 정원에 대한 첫 경험과 경치의 색, 촉감, 냄새에 의해 만들어지는 로맨스의 아이디어를 섞는데 진실과 허구의 경계선에서 타오르는 기억의 공간이다. 지리나 빔지의 기억을 이해하는데, 그녀가 디아스포라라는 것이 도움이 될 수 있겠다. 고국을 떠나 살고 있는 '이산의 백성'을 좀 더 일반적으로 말하는 디아스포라 Diaspora에 속한다.

마음의 극장, 기억이 쌓여간다

우리나라 경우는 재일조선인, 조선족, 고려인, 이주노동자, 국외 입양자들을 말할 수 있겠다. 자리나 빔지는 우간다에 살게 된 인도인의 자손이다. 부친은 1920년대에 인도에서 우간다로 건너갔다. 1960년대 아프리카 대륙에서는 독립국가의 수립이 이뤄질 때 우간다는 영국으로부터 독립했다. 제국주의 국가의 사정에 따라 이용당하거나 제외당하며 농락당하는 인생. 이중의 디아스포라로서의 자리나 빔지의 경험. 상처와 인내의 기억으로 얼룩졌으리라. 그 기억의 얼룩이 구체적인 사건을 드러내진 않지만, 그녀의 〈사람들 없는 세상 Zarina Bhimji's world without people〉을 보면 서늘하고 놀랍다. 내가 사라진 세상, 사람들이 사라진 세계가 어떨지 자극하고 상상하게 만든다.

ⓒ최병관

이렇게 덧없고, 슬픈 인생이다. 그렇다고 '덧없다고만 탓하고 살 것인가?'하는 질문도 나는 해본다. 이미지들마다 얼마 전까지, 혹은 오래전에 사람들이 살다간 흔적은 아프지만, 진정 이것이 사실이 될 것이므로 오래 잊혀지지 않는 여운을 드리운다.

사진가 최병관의 사진들도 사람들이 없는 세계다. 그러나 사진속에는 사람이 없으나, 사진 너머에 사람의 숨결이 느껴진다. 사진 속에는 수많은 세월의 농축에 초점을 둔 것이 아니라, 지금 이 순간 자연과 숨결을 나누는 은자의 삶을 엿볼 수 있다. 그래서 고요 속의 따스한 온기가 스며난다. 그리고 그가 다루는 사물이 대나무와 물이어선지, 조선의 선비의 지조 있

사진으로 빚은 동양화처럼,
고요속에서 따스한 온기가

는 삶과 궁극의 지혜를 떠올리고 만다. 대나무에 맺힌 물방울. 그 미세한 흔들림이나 거기에 부는 바람까지도 느낄 수 있는데, 마치 사진으로 빚은 동양화 같다. 복잡하고 답답한 현대사회에서 마음을 어디에 둬야 할지 모르는 사람들에게 은자의 아름다운 자연의 세계. 그 미세한 울림이 크고 그립게 다가갈 것이다.

느린 시간 속 우연히 만난 사소한 것들

또 한명의 사진가 이진영의 작품은 인간의 기억이 쌓이고 쌓인 오래된 얼룩을 그렸다. 그녀는 느린 시간 속에서 우연히 만난 사소한 것들의 흔적을 찾아 담고 있다. 얇고, 투명하고 젖은 기억들이 쌓인 틈새에서 이름을 갖지 않은 것들을 습판 인화술의 하나인 암브로타입의 재해석을 통해 보여주고 있다.

오랜 작업을 해 온 〈앵프라맹스〉는 마르셀 뒤샹이 만든 단어로 '초박의 아주 미세한 겹겹의 상태'를 뜻한다. 유리 원판 네거티브 스스로 여러 층을 가지고 있는데, 작가의 여러 개 투명한 아크릴판 사이의 원판을 끼워 겹쳐보이는 수많은 이미지가 인간의 기억 같다. 그 흐릿함이 회화적으로, 보통 사진의 매끄러움 대신에 두툼한 질감이 회화의 매혹을 준다.

이수철 작가의 "비동시성非同時性-제주濟州"는 같은 시공간에 어제와 오늘이 함께 있다는 뜻이다. 이것은 눈에 보여지는 사실보다 마음의 사실이며, 추억의 현재다. 이전의 작품에 비할 바 없이 좋아졌다. 여기에는 4년간 일본식 선술집을 차려 망한 일 등 삶의 깊은 고뇌와 좌절이 있었기 때문이라 느껴졌다. 이 작품들은 계절과 시간, 사계절의 낮고 밤을 한 장에 한꺼번에 담았다. 찍은 화면을 아이패드로 체크 후에 다시 그 자

봄. 여름. 가을. 겨울.
낮과 밤 모두를
한꺼번에 담고 싶어

리에 가서 봄, 여름, 가을, 겨울 4계절 수십 장을 얹혀 만들기도 했다. 후제 작업으로 사진성을 강조하고 싶어 정지된 시간을 잡아보았다 한다. 도저히 현실에서는 한꺼번에 일어날 수 있는 없는 이미지가 마음과 추억속에서 자리잡으면서 천천히 움직이고 퍼져나간다. 작가는 일본에서 공부하고, 일터에서 쌓은 디지털의 마술로 매혹적인 작업을 펼쳐 보이고 있다.

사람의 세계는 기억, 추억이 남고 결국 예술은 기록이 남는다. 그 기록은 무슨 빛깔일까? 문득 오가다 가메노스께의 시〈白에 대하여〉가 눈에 들어온다. 너무나 짧은 시라서. 시의 뜻이 무엇일까? 자꾸 생각하게 만든다.

솔밭속에는 물고기 뼈가 떨어져 있다.
(나는 그것을 세 번이나 본 적이 있다)

결국은 모든 살들을 바람이 먹어치우든, 흩어져 가든 하얗게 되어버리니, 포기할 건 포기하고 미니멀리스트로 살라는 자기개발적인 지혜로 나는 읽어본다. 사진과 시는 단 한 순간의 이미지를 잡아챈다는 면에서 참 많이 닮았다. 그래서 사진과 시와 닮고 싶은 글로 가득한 페이스북 등 SNS의 공간이 저마다의 솔밭. 혹은 정원과 뜰이라 생각했다. 그리고 자유롭게 써놓은 편지를 닮았다. 그 편지를 읽다 보면 시간이 금세 흘러가 버린다. 그래서 SNS에서 멀어질 줄도 알아야 자기 성장을 한다. 그 뜰에서 매일 정신이 팔려 있으면 정원사도 못된다. 사람없는 자기만의 고독한 책 읽는 세계를 즐기고만 싶다. 진짜 정원은 고요 속에서 타오르기 때문이다.

전쟁 속에서 그들은 어디로 갈까

스탠리 그린, 김상훈, 노순택, 에릭 보들레르

서울 하늘은 어두운 코발트색을 뿌린 듯하다. 문득 이북 하늘은 공해가 없어 더 푸르고 아름답겠지. 이북하면 눈가에 눈물이 맺히는구나. 가족과 떨어져 홀로 공부하던 어머니는 1.4후퇴 때 남한으로 밀려 내려와 가방마저 소매치기 당하셔서 가족사진이 없다. 곱씹어서 이북 가족들의 모습을 그려보지만 아련한 슬픔만 일렁인다. 하지만 이북하면 나는 금강산밖에 가보질 못했다. 금강산에서도 안내요원의 여성을 통해 이모 향기를 맡아볼까, 해서 가까이 다가갔으나, 고모 향기도 나지 않았었다. 미인에다 성품도 '짱'인 여동생이 외할머니를 닮았다 하니 이리저리 모습을 그려볼 뿐이었다.

엄마는 가족의 생사도 모른채 하늘 나라로 가셨다. 엄마가 얼마나 이북가족을 그리워했는지 나는 안다. 살아서 다시 못만나는 아픔이 얼마나 깊고 슬픈지도 헤아릴 수 있다. 그래서 어떡하면 상처와 고통을 줄일까 고민을 했다. 엄마만큼은 아니래도, 나도 통일에 대한 염원이 남다르다. 통일되면 외가식구를 도우라는 엄마 유언을 따르려고 계속 기도하고 기다렸다. 그런데 점점 사느라 바쁘고 기억도 희미해져 슬프다. 그 아픔 중의 작은 이야기 하나를 최근에 시 '그 슬픈 돈뭉치'를 썼다.

> 은행도 없던 시절 시골 약사셨던 엄마는
> 환자고쳐 버신 돈을 늘 신문지에 싸서 두셨다
> 통일되면 외가식구 나눠주려고 모으셨다

> 돈은 때로 사람을 찌르는 흉기인데
> 나눠주려는 돈은 그토록 따스하고 말랑말랑하였다.

> 엄마돌아가신 후 발견한
> 먼지가득한,
> 그 슬픈 돈뭉치

통일 후에 외가 식구를 구하는 일은 나와 자매들과 남동생에게 숙제로 남겨졌다. 이렇게 전쟁은 자손대대 깊은 슬픔을 남겨준다. 지금부터 살필 스탠리 그린, 그 사진 속 총 든 아이들 등은 돈과 얽힌 전쟁의 희생자들이며, 고생하는 민중의 표상이다. 전쟁은 모든 풍경을 변화시키고 사람의 정신과 영혼에 깊은 상처를 남긴다.

싸우면서 우리는 죽어가겠죠

폐기물 투성인데, 어디로 갈까?

©스탠리 그린

건물, 사람들, 그리고 죽음의 흔적. 구소련의 일부인 코카서스 산맥 지역은 석유 매장량이 많아 정치·경제적으로 민감한 곳이다. 아브하즈 공화국, 그루지야 공화국, 아르메니아 공화국, 아제르바이잔 공화국은 소련 붕괴 이후 영토 분쟁이 있었다. 21세기에 들어서 지구는 더 오염되었는데 그 큰 원인은 군사 산업 목적으로 지은 많은 공장에서 내버린 폐기물 때문임을 우리가 똑바로 보고 깨우쳐야 할 것이다. 스탠리 그린은 전쟁의 원인과 효과에 대한 사진 에세이를 진행중이다.

사실 산다는 게 총성없는 전쟁이긴 하다. 언젠가 내 〈사과여행〉 사진집을 낸 사월의 눈 출판사를 응원하러 동대문 DDP 독립출판 마켓장에 갔을때 여기도 전쟁터란 생각이 들었다. 독립출판사들이 그렇게도 많은지 처음 알았다. 빽빽하게 출판용사들이 많이 모인 곳에 정성들여 만든 책을 봤을 때 참으로 가슴이 애잔하였다. 저마다 살아내려 애쓰는 모습에 눈물이 핑 돌았다. 그리고 어느 해 충무로 갤러리토픽에서 김상훈 "가자전쟁, 미로의 벽" 전을 보면서도 눈시울이 뜨거웠다. 피로 얼룩진 아픈 사람들을 똑바로 보기는 어렵다. 나이들면 아픔에 강해지는 줄 알았다. 그런데 아픈 것은 나이들수록 상처에 강한 것은 결코 아님을 살면서 더 깨닫는다.

얼굴과 몸에 따스함을, 마음과 눈에 빛을

©김상훈

가자전쟁의 참상과 난민의 일상을 촬영한 사진 40점을 처음 공개한 김상훈 작가는 KISH라는 이름으로 더 잘 알려져 있다. 그는 코비스와 시파 프레스 뉴욕지부에서 포토그래퍼, 디자이너, 에디터로 근무했다. 그리고 이스라엘과 팔레스타인의 오랜 분쟁의 역사를 가진 전쟁터에서 목숨을 걸고 사진을 찍었다. 그래서 사진들이 고귀하고 숭엄하게까지 느껴진다. 그의 사진은 사이언스지 전쟁 특집호 표지로도 실린 바 있다.

유대인과 무슬림이 서로 유혈충돌을 벌이는 성지, 예루살렘 중심에 '통곡의 벽'이 있다. 팔레스타인은 그 벽을 '차별장벽'이라 부른다. 예루살렘에 있는 통곡의 벽은 유대인과 무슬림의 성지가 겹쳐서 유대인과 무슬림이 서로 신경전을 벌이는 상징적인 유적지이고, '차별장벽'은 팔레스타인을 감싸고 있는 콘크리트 장벽, 즉 이스라엘은 '보안장벽'이라 부르고 팔레스타인은 '차별장벽'이라 부르는 벽입니다. 수천 년간 자유를 누린 땅에서 쫓겨나 생활고에 시달리며 경제력군사력이 훨씬 나은 이스라엘과의 전쟁으로 가자지구 사람들은 피할 곳도 없이 내몰렸다. 김상훈 작가는 설 자리를 잃은 이들의 참담한 삶과 가녀린 희망을 사진찍었다. 그의 사진을 생각하다 아주 오래 전에 보았던 실천문학사에서 나온 〈팔레스티나 민족시집〉을 다시 찾아 보았다. 새삼스럽게 가슴이 막히도록 아팠다.

그대의 눈 속에 나를 숨겨다오

그러나 나는

울타리 밖으로 문 밖으로 쫓겨난 자

그대의 두 눈 속에 나를 숨겨다오.

그대가 있는 곳 어디든 나를 데려가다오.

그대가 무엇으로 되어 있든 나를 데려가다오.

얼굴과 몸에 따뜻함을,

마음과 눈에는 빛을,

일용할 양식에 소금을 그리고 음악을,

대지의 흙내음과 그리고 조국을 되찾기 위해서.

그대의 두 눈 속에 나를 숨겨다오.

나를 슬픔의 오두막집에 대한 기념물이 되게 하고

나를 비가의 한 구절이 되게 하며

나를 미래의 세대를 위한 집의 한 장식물, 한 벽돌이 되게

하라

나는 그대를 본다

샘이 깊은 우물속에서

바닥이 나 버린 곡물 창고에서

나는 그대를 본다

위대한 시인 네루다를 떠올리게 할만치 큰 에너지를 가진 마흐
무드 다르웨시가 24세때 낸 시 〈팔레스타이나에서 온 연인〉의
일부다. 그의 시는 거의 모든 팔레스티나인에 의해 암송된다.
내가 느끼는 이슬람은 비판적인 만평 하나 때문에 총질해 죽
이거나 참수시키는 이미지였다. 그런데 시를 암송하는 민족이
구나 아, 참. 어디에서든 시를 읊고 사랑하지. 내가 미처 생각
지를 못했음을 깨달았다. 몇 년 전에 이라크에서도 벽에 시인
들의 시가 낙서처럼 가득했다는 글을 보고 깜짝 놀랐다. 시는

21세기 무기자랑 축제를 아무도 의심하지 않는다

사람의 영혼을 달래고 길을 비추는 등불이다. 그래서 전쟁터에서는 더욱 생존의 암담함을 시를 읊거나 버티면서 이겨내는 거라 생각된다. 세상의 비극은 대부분 타인을 인정하지 않아서 오는 거라 생각한다. 나는 카톨릭 신자지만, 남의 종교도 존중하며 함께 잘 어울려 살길 바라는 하느님으로 안다. 하느님은 피차 사랑하길 바라신다. 나는 그렇게 믿는다.

다큐멘타리 사진이란 말이 1920년대 생긴 후에 현대 사진계는 자칫 소홀하게 대하는 면도 있다. 그럼에도 여전히 미술 사진계에는 중요한 작가들에 의해 소외된 집단이나 분쟁 전쟁의 기록을 예술적 형식으로 표현하고 있다.
노순택 작가는 당연히 여기는 분단현실을 다룬다. 피부처럼 익숙하지만 익숙해선 안되며, 제대로 우리 안을 들여다 보라는 각성을 준다.

노순택은 "사회가 썩어야 예술이 잘 된다. 서울은 많이 썩었기 때문에 예술이 잘 될 것이다." 백남준1932~2006의 말을 인용하면서 국립현대미술관의 '2014 올해의 작가수상소감'을 위트있게 표현했었다.

수상한 시절에 수상한 시간에 수상한 슬픔이

"수상한 시절에 수상한 작업으로 수상까지 했다."
평택 대추리 미군 기지, 북한 아리랑 공연, 용산 참사, 연평도
포격사건 등에서 그가 찍어온 수많은 그의 사진들은 지난 20
년의 한국현대사의 증언록이란 점에서 고맙고 귀한 자료다.
그는 21세기 무기자랑 축제가 당연시 되는 것에 대해 파괴의
악순환을 막는 의심이 절실함을 말한다.

다음 작품은 에릭 보들레르Eric Baudelaire 'The dreadful
details' 2006⋯ 영국 프리즈 아트페어에서 가장 인상깊던 사
진중 하나였다. 그런데 깜쪽같이 속았다. 연출된 전쟁 사진이
었다. 그는 전쟁사진의 진면모를 보이기 위해 신문이나 방송
을 통해 자료를 수집한 후 그것을 바탕으로 장소나 배우를 캐
스팅해서 만든다. 어쨌든 가슴이 서늘할 정도로 관객이 속았
으니 좋은 작품이다.

분단의 아픔. 삼촌과 이모들, 그의 자식들, 나의 이종사촌들과 부둥켜안을 기쁨의 날이 언제 올는지, 더 세월이 흘러 모두 돌아가시기 전에 만나야 하는데…. 다들 오래 사셔야 될 텐데. 모든 추위와 혼란이 끝나고 헤어진 가족의 아름다운 만남이 오기를 기다린다. 그런 날이 온다면 그동안의 사무침조차 곱게 흘려보낼 수 있으리. 먼지를 싣고 온 봄바람에 머리칼이 흩날릴 것이다.

ⓒ에릭 보들레르   모든 추위와 어지러움이 끝나고 헤어진 가족을 만나기를 기다린다

막막한 길, 도로 표지판 만들기

윤정미, 강제욱, 심규동

작가 이전에 서민으로서 조국 미래의 삶을 생각하면 암담하다. 노후보장이 안된 한국생활은 참혹하기까지 하다. 자식양육문제만 해도 오래 전에 나는 어떻든 애를 낳으라고 권했다. 하지만 애를 혼자 키울 바에는 낳지 말라고 말하기도 했다. 죽고싶을만치 힘들고, 고단했기 때문이다. 지금은 '홍익인간으로 살아야 되지 않나요. 입양이라도 하세요. 남의 아이, 내 애 가르지 말고요.키우는 정이 더 무서워요. 입양하는 이들에게 복지혜택을 주는 법령이 생기면요.라고 농 반, 진 반 던지기도 한다. 오늘은 반 고흐가 "살아가면서 의혹과 슬픔, 고독을 느끼더라도 마지막에 있을 기쁨을 생각하며 오늘의 고난을 이겨내리라" 한 말을 도로표지판으로 삼고 싶다. 마음 속에 도로표지판을 삼을 글꾸러미, 시꾸러미를 많이 갖고 있으면 힘겨운 오늘을 살아내기가 조금 쉬워질 수 있다. 그중 자살로 생을 마감한 앤 색스턴의 시 〈음악이 내게로 헤엄쳐 돌아오네〉의 일부가 내 가슴에 헤엄쳐 온다.

기다리시게 신사 분. 어디가 집에 가는 길인가?
그들이 등불을 꺼버렸네
그리고 어둠이 저 구석에서 움직이고 있네.
이 방에는 도로표지판이 없네,
네 명의 여인네가, 80이 넘었는데.
기저귀를 차고, 각각 하나씩,
라 라 라, 오, 음악이 내게로 헤엄쳐 돌아오네
그리고 그들이 연주하는 곡조를 나는 느낄 수 있네
그들이 나를 떠난 그 밤

아주 사소한 날씨의 변화에조차 민감해져 자신이 갈 길을 잃어버릴 때가 얼마나 많은지. 인생에서 스스로 도로표지판을 만들어가는 일로 모두 고민한다.

지금보다 행복해지기 위한 노력들은 수많은 작가들이 하고 있다. 그러면 우리나라 중견사진가인 윤정미 작품은 어떠한지 살펴보겠다.

그녀의 "It Will Be a Better Day_근대소설"는 그녀가 1920년대에서 70년대까지의 한국단편소설 모음집을 보며. 인간들의 근본적인 욕망, 오해, 의심, 질투, 빈곤에 관한 문제, 물질만능의 세태에 대한 얘기 등등 인간사회의 뿌리들을 살피게 되었다고 한다. 여기서는 그녀가 전영택의 소설 〈화수분〉의 마지막을 재현한 장면이다. 행랑살이를 하는 어멈과 남편 화수분이 추운 겨울날 고개에서 얼어죽고 어린아이만 살아남는다는 이야기로 전영택은 '이것이 인생'이라는 비극적 세계관을 그려냈다. 그녀는 이 소설을 오늘의 시선으로 사진을 재현한 것이다. 이 사진 한 장을 찍기 위해 장소 헌팅하고, 인물에게 입힐 옷을 사러다니고, 연출하기 위한 노고가 참 컸으리라 생각된다. 여기서 나는 전영택 소설가의 결정론적 인생관은 지금 시대와는 또 다르다고 본다. 지금의 무연고 죽음과 가난으로 인한 죽음은 '국가적 · 사회적 살해'라고 말하고 싶다. 윤정미 사진가도 조금이라도 빈부격차가 심한 세상이 달라지길 간절히 바라며 작업했을 것이다.

심규동은 눈빛 사진가 시리즈에 〈고시텔-영혼의 집〉, 자신이 머물렀던 고시텔을 찍었다. 보기만해도 우울해지고 슬퍼지는

어린 것을 꼭 안아 가지고 웅크리고 떨고 있네

©윤정미

고시텔. 7포세대, 흙수저라는 비관하는 청춘들의 생존현장이다. 또한 오갈 데 없는 중장년층의 집이다. 어떻게든 잠 잘 수는 있어도, 어떻게도 일하고 놀 수 있는 장소로 보이지 않는다. 그의 사진을 통해 인생이 살만한 가치가 있는가, 하는 질문을 읽게 된다. 참으로 이 방에는 도로 표지판이 없다. 정말 누가 젊은 청춘들을 고시텔로 내모는가?

햇살은 따스하고 바다는 잔잔한데,
이 방에는 도로표지판이 없다

지구촌 곳곳을 누비며 작업하는 환경사진가 강제욱 사진은 어떠한가. 우리 삶에 앞으로의 도로표지판은 있는가 묻고 싶다. 기후변화와 재난을 주제로 다룬 그의 플래닛The Planet.인간의 문명과 진보라는 개념에 대한 깊은 성찰이 담겨 있다. 인간이 손을 대는 순간부터 지구는 다친다. 다친 곳마다 사람은 떠나고 사람들의 물건과 흔적들만이 남는다. 그 물건조차 부서지고 썩어가고 형체없는 모습이 되어 공포감을 자아낸다. 그런데 강제욱의 사진에는 공포감과 쓸쓸함만큼이나 아련하고 따스함이 배여난다. 회화적인 미감까지 배여 있다. 이것은 사람없는 세계가 끝이 아니라 뭔가 다른 생명체의 부활을 예감케 해준다. 이것은 불교적인 사유인 윤회의식과 맞닿아 있다. 이것을 그림으로 그렸다면 어떻게 전달이 될까. 그림으로 그려야 할 것이 있고, 사진으로 찍어야 할 것들이 있다. 두말이 필요없는 사진만이 가진 힘, 다큐의 힘이다. 그의 사진을 통해 인생이 살만한 가치가 있는가, 하는 질문을 읽게 된다.

이 사진을 보니 문득 김영석의 단편소설 "푼타아레나스행 택배"의 주인공이 생각난다. 힘겨운 현실에서 벗어나 꿈꾸는 곳, 칠레의 최남단 항구도시 푼타아레나스. "햇살은 따스하고 바다는 잔잔하며 커피를 한 모금 마신 남자가 푹신하게 허리를 묻을 수 있는 소파"와 하나가 되어 자기 자신이 되고 싶어

사람없는 세계가 끝이 아닌, 새로운 세계의 시작이면 좋으리　ⓒ강제욱

하는 꿈. 그래도 택배회사 다니는 주인공은 꿈이라도 있다. 하지만 점점 비관하게 만드는 환경파괴적인 현실에서 어떤 꿈을 가져야 하며 어떤 도로표지판을 세워야 하는지 고민하게 된다.

나는 초기 사막의 교부 실비누스의 경고를 곱씹고 싶다. "가진 재능보다 더 큰 명성을 누리면 너희는 불행하다" 이 말은 자신의 노력에 비해 많은 것을 가졌거나, 약탈했거나, 나누지 않고 독점한 이들에 대한 경고다. 독점한 자들은 결코 환경을 걱정하지 않는다. 오직 자신밖에 모른다. 지금 세계 곳곳에는 환경이 파괴되어 앞으로 이 세상의 도로표지판이 어디로 향할지 걱정되는 이른 봄이다.

다친 곳마다 사람은 떠나고 흔적만 남는다

집에 대한 생각- 현실속의 비현실

이한구, 이영욱, 김동진·서울, 김동진·부산

내 작업방은 아주 비좁다. 그래서 늘 꿈꾼다. 방바닥에 놓여있는 책을 벽에 꽂아둘 조금은 넓은 작업방, 햇살이 가득 밀려드는 광합성이 잘 되는 방을. 반지하집을 살 때와 달리 5, 6시간 햇볕이 밀려드는 집에 사는데도 늘 습하다. 푹 젖은 옷들을 난로를 켜서 말리다 몇 벌의 옷을 태워먹기도 했다. 지금도 난로 켜서 옷을 말리고 있다. 서민의 삶은 대체로 나와 같거나 나보다 훨씬 더 비감스럽다.

이한구의 빨랫줄을 잡고 도시를 내려다보는 소녀의 옆모습만으로도 서민들의 생각과 슬픔이 고스란히 전해져 온다. 사진이 서정적이고 잔잔히 아름다워 비참함과 거리를 두지만, 바라볼수록 우울하고 슬픈 공감을 자아낸다. 남은 세 작가 모두 서민의 애환을 읽어낼 수 있다. 좀 더 객관적인 거리를 두었을 뿐, 사람의 뿌리를 뒤흔드는 집에 관한 고찰이다. 부산 김동진은 전통 탈을 쓴 모습으로 불안하게 떠도는 영혼의 집 문제를 살필 수 있다.

서울 김동진은 〈A Landscape-SEOUL〉에서 10여 년 전의 북악, 인왕, 북한산과 남산 언저리의 집의 풍경을 다뤘다. 여기서 화분의 모습이 눈길을 끈다. 재건축되어 도시 경관이 정돈

슬픔도 슬픔 너머를 보면 슬픔이 아니다

©김동진

어떻든 살아남을 거야

이 되었다 뿐이지, 그 화분은 10년 후인 지금도 흔한 풍경이
다. 나도 60개의 화분에 꽃과 채소를 10년 키운 적이 있다. 이
사 온 집에서는 바람이 안 통해 화분 키우기를 접고 말았다.
여기서 사진 속 화분들은 어딘가 비현실적이게도 우스꽝스럽
다. 찬찬히 보면 화분의 크기가 집과 주차해 놓은 차보다 커서
초현실적인 느낌을 준다.

인천사진아카이브프로젝트를 기획하고, 인천을 기록하는 작
가 이영욱의 〈집이다〉 시리즈를 눈여겨보면 너무나 현실적이
다 보니 비현실적인 모습이다. 그 현실은 어떻든 살아남으려
는 끈질긴 생명성에 있다. 집 틈새 흙 속에서 자란 잡초들이

끝없이 다시 일어서게 하는 힘

끈질긴 생명성이 현실이라면 보여지는 모습은 비현실적이다. 다큐가 순간의 기록이면서, 예술이 되는 순간일 것이다. 사진은 설득하고 사진작가는 탐험한다. 자신이 속한 사회와 현실을, 그리고 마음 깊숙한 곳의 아픔까지 드러내 보여주고 탐험한다.

계급이 시멘트처럼 굳어져가는 현실을 이기기 위해 나는 시집 〈반지하 앨리스〉에 시 "거울알"을 담았다. 이 시를 쓰면서 좀 더 나은 내면의 삶을 탐험하는 것일 게다.

좋은 집에서 살기를 더는 꿈꾸지 않는다
욕조에서 글 쓴 나보코프
부엌에서 글 쓴 하루끼
쫓기면서 시 쓴 아흐마또바
창녀촌아래방서 글 쓴 마르께스
거울을 가진 그들에게 위안을 갖는다
반지하방에 살아도
부자라 생각하기 시작했다
나도 거울알이 있기 때문이다

문제도 문제 삼지 않으면 문제가 아니고
슬픔도 슬픔 너머를 보면 슬픔이 아니다
텅빈 주머니가 쓸쓸하고
힘이 없어도 따스하다
끝없이 다시 일어서게 하는
거울알

희망등불을 켜들고 간다

내가 참여한 국제 사진 페스티발 참여작가
올렉 도우, 토마스 드보, 르네프 뉴엘, 김미루
가오 브라더스, 커스티 미첼, 성남훈, 신현림
총감독 김이삭 작가

사는 것과 죽는 것 끌림과 안끌림 사이에서 흔들리는 올렉도우의 사진은 불가사의해

159

봄볕은 내 몸위로 부드럽게 주황빛으로 너울거렸다. 햇빛으로 사랑받는 것 같아 따스했다. 그리고 인터뷰하러 온 기자의 질문도 기분 좋았다. 그녀는 인생에서 가장 뿌듯했던 순간이 언제였는지 내게 물어왔다. 나는 잠시 머뭇거렸다. 누가 묻지 않으면 생각지 못할 질문였기 때문이다. 한 두 개가 아닌데, 무엇부터 말해야 하나. 잠시 머뭇거리다가 입을 떼었다.

  "최근 가장 뿌듯했던 일은 제 시 2편이 작곡된 노래를 듣고 잠을 못잤던 일과, 내가 쓴 책을 독자들이 찾고, 페이스북에서 귀한 댓글을 남겨주실 때에요. 그리고 만 삼년 전 울산사진페스티벌에 한국대표작가로 초대받았을 때 솔직히 통쾌했죠. 통섭의 개념이 중요시되는 시대에 나쁜 고정관념 하나를 넘었다는 점, 꾸준히 노력하면 이루어지는구나, 실감하며 아주 흐뭇했어요."

인터뷰를 하다보면 질문들이 뻔하기도 한데, 이렇게 느닷없는 질문이 나를 돌아보게 했다. 이렇게 나를 일깨우고 흔들어 놓는 기자를 만나면 참 즐겁다. 다시 나를 돌아보니 어느 덧 사진 시작한 지 23년이 흘렀다. 원하는 미술대학 낙방과 2차 합격과 자퇴, 유턴하여 국문과, 대학원에서 파인아트전공 등

복잡하고 힘든 시절들이 굽이쳤다. 나를 뽑은 편견없는 큐레이터 김이삭 사진작가에게 감사한다. 전시를 마쳤어도 〈사과밭 사진관〉 사진집이 남아 채택이 된 것이다. 이 분처럼 공정한 기획자들이 더 많아져야 한다.

요즘같은 경쟁이 치열한 시대에는 그저 마을회관을 만들고 있구나, 하는 느낌이 강하다. 자기와 관계된 사람들끼리 소통하고 놀다 가는 게 인생인가? 질문한다. 사진쪽, 시쪽 등 어디든 다 비슷하지 않을까 한다.

작품만 좋으면 되는 서구 유럽과는 달리 한국은 터부도 많고 경계담장이나 인맥, 학맥 등에 휘둘린다. 두가지 작업을 함께 한다는 건 운명이다. 오랜 세월 힘들었으나, 처음 예감대로 통섭과 남다른 상상력이 중요해졌다. 그래야만 하는 미래가 펼쳐져, 내심 반갑기도 하다. 어쨌든 처음부터 끝까지 꾸준한 노력이 중요하다. 작품이 좋으면 된다. 여전히 편견이 많고, 제멋대로인 세상에서 오직 우직하게 창작밭을 가는 일이 중요할 뿐이다. 나의 뜻을 대신할 프란시스 잠의 시 〈사람의 위대한 일이란〉 처럼.

사람의 위대한 일이란

나무통에 우유를 부어담고

뾰족하고 뻣뻣한 밀 이삭을 따는 일

오리나무 그늘 아래서 암소를 지키고

숲 속에서 자작나무 껍질을 벗기는 일

졸졸 흐르는 시냇가에서 버들잎으로 바구니를 짜는 일

침침한 벽난로와 옴 오른 늙은 고양이와

잠든 티티새와 행복해하는 아이들 곁에서

낡아빠진 신발을 깁는 일

한밤중 귀뚜라미 소리를 들으며

덜거덕거리며 베를 짜는 일

빵을 만들고 포도주를 담고

텃밭에 배추와 마늘 씨앗을 뿌리는 일

그러고는 따스한 달걀을 거두어들이는 일

시간이 갈수록 위 시가 맘에 든다. 많이 알려진 시이기도 하고, 도시에 찌든 현대인들에게 상상으로나마 전원생활을 맛보고 그리워하게 만든다. 그리고 사람의 위대한 일이란 자신이 맡은 일을 그저 우직하게 해낼 뿐이란 내용이 가슴을 잔잔히 울린다. 말에 인터뷰 온 후배가 다음 말을 하였다. 그 꾸준함이 별거 아닌듯해도 굉장히 어렵단 사실을 30년만에 알았다며 다음 말을 이어갔다.

"꾸준한 열정이 곧 능력이요 천재성같다니까요"
"뭐 천재성이나 열정보다도 헝그리 정신같아.
지독한 실패, 상처가 먼 미래로 이끄는 힘이라
이제는 말할 수 있을 거 같아"

나는 말하면서 지독한 실패나 죽음에 가까운 상처에 지지 않고 살아있음이 신기했다. 또한 앞으로 그보다 어떤 독한 실패도 못만날 거란 생각이다. 그러나 저러나 당시 페스티발에 함께 걸린 러시아의 젊은 작가 올렉 도우의 작품을 바라보면 내 체험과는 달리 그는 지독한 실패나 상처가 있어 보이지 않았다. 다만 국가의 문화수준이 작가를 만든다는 생각이 들었다. 대학원 수업시간에 박영택 선생님의 러시아 기행체험담이 기억난다. 러시아인들의 문화사랑은 대단해서, 체홉의 연극을 보기 위해 노동자와 그 가족들까지 무대 앞을 가득 메운다는 이야기가 몹시 신선하고 충격적이었다. 이런 문화 사랑이 우리나라와 다른 점이 아닐까. 물론 사회주의 국가라 당연히 우리나라와 다르긴 하다. 그들의 행복지수는 70~80%란 말이 기억속에서 물결친다. 러시아인들의 문화 사랑을 떠올리며 올렉 도우의 작품을 마주하였다. 너도 나도 디지털작업이 많다보니 뻔하고 더는 새롭지 않다. 하지만 올랙도우의 초상에는 빨려드는 나를 느꼈다. 섬뜩한 존재감 표현은 디지털 사진술의 극치였다.

1983년생인 올렉도우는 자신의 나라와 세계에서 주목받는 사진작가 중의 한 명이다. 그는 예술가 집안에서 태어나 처음 읽은 책에서 무서운 초상화들을 많이 보게 되었고, 불가사의한 감정에 사로잡히곤 했다. 그는 낡은 걸 누구보다도 거부한다.

"무섭게 생긴 수녀일 수도 있으며 소리치며 우는 사람들, 또는 불행한 아이들 등 사람들이 볼 수 없었던 모든 것이다. 나는 상반되는 것들을- 삶과 죽음, 매력적인 것과 관

심없는 것, 아름다움과 추함을 통해 아름다운 강력한 이
미지 창조가 최종 목적이다"

이런 분명한 개념이 강력한 이미지를 만들 밖에 없을 것이다.
작가들이 많아서 간단히 핵심만 짚고 가야겠다.

토마스 드보는 프랑스 작가의 우아하고 기품있는 사진에는
반전이 있다. 초점을 인간의 이중성에 맞춘다. 알 수 없이 깊
고 어둡고, 기묘하게 사람의 마음을 파고드는 그녀의 매혹에
나도 사로잡히고 말았다.

알 수 없이 깊고 어둡고 기묘한 이중성

르네프 뉴엘은 동물 수의사였던 아버지를 둔다는 것은 어떤
것일까. 우선 대농장에서 성장했다는 점이다. 그녀의 친구는

165

소떼와 말, 공작새, 애완용 스컹크, 새끼 사슴 등이었다니, 완전 보통 사람들과는 다른 인생이다. 그녀의 애니 휴먼시리즈는 일반적인 방법으로 담기 힘든 코끼리, 뱀, 치타, 사자, 호랑이 등 맹수와의 교감속에서 우아하고 기품있는 이미지를 건져올린다. 마치 낚시처럼. 문명사 속에서처럼 심리적으로 사람이 동물에 예속되는 장면을 펼치는 것이라 한다.

표범과 이어지는 시간, 표정을 읽고 소리를 보는 시간

돼지, 고로, 나는 존재한다

ⓒ김미루

김미루의 작품을 미국 도심속의 야생적이고 원시적인 셀프포
트레이트로 표현한 작품을 나는 신문에서 인상깊게 보았다.
페스티발출품작 〈돼지, 고로 나는 존재한다〉로 인간중심주의
에 저항하며 그녀는 "생명에 대한 감각의 회복"을 꿈꾼다. 돼
지우리속의 돼지들과 사는 사람의 모습을 찍었다.

당신과 나는 적이 아니야. 허그, 허그

가오 브라더스를 보면서 현대는 파트너쉽으로 작업을 펼친 작가들이 꽤 있다. "허그 허그"를 통해 예술이 곧 인생임을 보여주는 형제작가는 세계가 주목받았으며 북경에서 활동한다.

커스티 미첼의 작품을 보고 나는 놀랐다. 나처럼 숲과 나무가 있는 곳에서 설치 촬영을 하여서다. 내가 생각하는 것은 '남도 비슷하게 생각하는구나'하며 고개를 끄덕였다. 그녀는 어린 시절 어머니가 읽어준 동화에서 작품이 시작된다. 현실도 피와 아름다움 속으로 이끌면서 현대인들이 잃어버린 자연을 되찾기를 바란다.

우리가 잃어버린 곳을 찾아서

우리나라 성남훈 작가하면 루마니아 집시사진들로 기억된다. 가을 바람속을 떠돌 듯 흩날리는 집시들 모습이 어둡고 시적 이미지로 최근 시리아 난민들의 행렬을 카메라에 담는 등 행동하는 사진가로서 다큐의 힘을 보여주었다.

전시장에서 만난 사진들은 2007년 삼성중공업 유조선 충돌로 충남 태안군에 엄청난 기름유출 현장을 보여주었다. 그는 〈검은 눈물〉로 국민의 고통을 함께 할 정부는 있는가, 물었다. 대통령과 정부가 국민의 괴로움을 함께 하지 않는 나라에 살고 있음이 참 부끄럽고 슬프다. 요즘은 문 닫은 가게가 자주 눈에 띈다. 그 어느 때보다 어려운 시절인 거 같다. 이 어둠 속에 타오르는 등불은 희망의 등불이다. 저마다 희망의 등불을 켜들고 산다고 생각한다. 등불마다 다른 사연이 있고, 다른 꿈을 갖겠지만, 뭔가 달라지지 않으면 살아남지 못한다는 절박감을 느낀다.

이곳은 죽음인데, 하나의 숨결로 살아나는 검은 눈물

신현림, 나는 KBS 출연자로 사과밭을 갔다가 사과꽃과 사과
알이 주렁주렁 달린 풍경을 처음으로 보고 황홀감을 맛보았
다. 사과꽃 필 때와 빨간 사과들이 등불같이 열린 모습이 경이
로와 깊이 빠져들었다. 지난 10여년간 나는 사과꽃 피는 봄부
터 계절마다 사과밭과 집을 수시로 오가며 설치 퍼포먼스의
작업을 했다. 사과밭이 지구의 상징였다면, 그 지구를 돌며 찍
은 것이 〈사과여행〉이다.

사과알에서 흘러나온 불빛이 나를 흔들어 깨웠어

ⓒ신현림

기꺼이 사랑속으로 간다 ⓒ신현림

또한 〈사과, 날다〉 전을 열었다. 만물은 한몸이란 동양적 생태적 세계관은 사람과 자연을 나누지 않는다. 우리는 자연과 내면적으로 깊이 이어져 있다. 첫 전시때부터 이 같은 철학 개념과 기이한 인생의 맥 속에서 사진을 계속 찍어왔다. 그 사과밭에서 나는 시를 많이 쓰게 되었다. 그 중「사과밭에서 온 불빛」을 흐르는 시간 위에 놓아두겠다.

　사람을 만나 밥과 술을 마셔도
　결국은 지는 사과꽃처럼 흩어지고 헤어진다
　매일 죽어가는 건 아이들도 알까

　매일 다시 태어나도
　고요한 자기 안의 길을 못 찾으면
　풀죽은 와이셔츠만 걸어다니고
　까만 구두들만 돌아다니네
　텅 빈 굴다리를 홀로 건너듯 쓸쓸히
　마흔이 되면 나는
　죽을 생각을 한 적이 있었지
　두 손과 두 어깨는 기댈 곳이 없었고
　하늘에 구멍은 자꾸 커졌지

태양보다 한숨이 오가는 구멍을 보면서
그저 한심하게 행주처럼 울음을 끌어안고
슬픔을 멈추는 스위치조차 없을 때

사과밭에서 온 불빛들이 나를 흔들어 깨웠어
월말, 연말, 종말이 온다는 한계도 생각못할 때
여기에 내가 있기에 저기는 갈 수 없고
불빛 하나둘을 가지면 다른 불빛을 포기해야함을 알았네

애를 가졌고 혼자 키워야 했기에
포기한 일과 포기한 만남들이 늘어남을 받아들였어
말하면 가뭇없이 사라지니까 다 말할 수도 없어
이제 상복입은 나날을 애도하고
시커먼 눈발이 쏟아지도록
아픈 시간앞에 묵념할 수 있네

나는 천천히 흘러가겠네
괴로워야 할 시간은 충분하고
아파야 할 시간이 허다하고
사랑해야 할 시간이 아직도 많으니

영감과 도용 의혹의 틈새
- 사과던지기 작업을 통하여

기이하고 미스테리한 인생에 대한 사진찍기에서 사과작업으로 나아간지 14년이 된다. 사과는 물이고, 생명이고, 누구나 갖고 싶은 사랑의 상징이다. 나이며, 그 누군가이다. 사과가 살아 날듯이 녹아 없어져 가는 존재의 뜻을 찾으려 두께를 더하고 싶었다.

당혹스럽던 내 사과작업 도용 의혹사건이 있었다. 처음 얘길 듣고, 지인에게 내 항의 전달 후, 일부러 멀리했다. 아픈 것은 싫고 힘드니까. 그러다 거의 분별이 안된 어느 작품을 보고 페북 공론화를 통해 큰 반향이 있었다. 내 블로그에 올린 글은 문학뉴스와 여성신문에도 기사화되었다.

누구의 작품인지 헷갈리게 되면 모티프 도용 얘기가 오갈밖에 없다. 작가는 오리지널리티를 지키고 싶은 게 본능이고,

누군가에게 영감을 주는 건 예술의 순기능이다. 하지만 작가들은 반드시 리서치를 하고, 누군가 먼저 시작했으면 상식에 따른 빠른 정리가 필요하다. 이것은 가장 기초적인 예술가의 매너와 자존심 문제로 번져갈 수 있기 때문이다. 그리고 진실은 복잡하지 않다. 철저히 이미지로 다 보여진다.

2011년 10월 〈사과밭 사진관 전〉 이후 SBS 문화컬쳐 프로에 출연, 정독 도서관 잔디밭에서 사과던지기 작업 모습, 예산 사과밭에서 설치 작업하는 내 모습이 MBC 문화프로에 방영됐다. 내가 참여한 2012년 울산 국제 사진 페스티벌 뉴스는 사진가라면 다 관심 가질 만큼 여러 매체에서 다뤄졌다. 사과작업은 한번 쯤 다루고 간 작가들은 있어 왔다. 눈에 띄는 '사과 던지기작업'은 2005년 부터 숱한 실험과 이리 저리 오가고 탐구해서 얻었고, 지속적으로 작업해 왔다.

바삐 살다 보면 잊기 쉬운 것

예술은 도의적 책임을 다하고, 예술이 정직한 노동임을 보여주고, 그리하여 세상을 선하게 바꿔가는 일이라 여기며 산다. 우리가 살아있는 분명한 이유의 하나는 도덕성을 지키는 일이다. 바삐 살다 보면 잊기 쉬운 진정한 성공은 자신의 이름을 깨끗이 남기는 일이라 생각한다. 이것이 얼마나 중요한지 가슴에 새기곤 한다. 어느 한 때 피로한 여행을 다녀온 듯이 눈 앞에 먹구름이 바람에 흩어지고 있었다.

청춘이란 무모하고, 거침없는 속성을 가졌다.
부딪치고 깨지면서 성숙한 중년으로 간다.
그것을 알기에, 멀리 바라본다.
모두 다 잘 되기를 기도한다.

사과는 물이고, 생명이고, 사랑의 상징이다. 나이며, 그 누군가이다 　ⒸⒸ신현림

179

신현림 사과 작업의 객관적인 굵직한 팩트

2005 KBS스페셜 출연자로 사과나무를 처음 본 후 반하여 14년째 사
     과작업 중

2011 〈사과밭 사진관〉 전 · 류가헌갤러리 전시. 눈빛출판사 사진집
     간행

2012 사과작업으로 울산 국제 사진 페스티발 뽑혀 참여

2014 〈사과 여행〉 전 · 담갤러리 전시

     사진집은 "사월의 눈" 출판사서 간행

     일본 교토 케이분샤 서점과 갤러리에서 채택되어 판매중

2015 〈사과 초상〉 전 · 류가헌 초대전

2015 〈미술관 사과〉 전 · 메타포 갤러리 초대전

2016 사과여행 2 〈사과, 날다〉 전 · 사진집 눈빛출판사간행

2017 사과여행 4 〈반지하 앨리스〉 전 · 민음사 시집 간행과 함께

2018 사과여행 5 〈From 경주 남산〉 전

2018 사과여행 6 〈웃는 사과〉 사진집 간행 예정

사과, 날다

산다는 게 움켜쥐는 일인 줄 알고
수많은 주머니를 만들지만
마음조차도 쉽게 움켜쥐지 않았다

내가 누구인지 몰라 묻던 그 많은 질문은
사랑하는 사람으로 살겠다는 깨달음이며
내 가진 것 하나씩 누군가에게 돌려주는 일이며
그 많던 헤매임은 신께 돌아가는 길이었다

사과를 던지며 날아오르는 내 마음
사과와 함께 날아가주는 당신 마음
하늘과 땅을 잇고 손과 손으로 이어

보이는 것만 믿는 이들로 가득한 세상에서
보이지 않다는 신을 향해 간다
기꺼이 사랑속으로 간다

신현림. 반지하 앨리스

애인이 있는 시간

윤은숙, 윤은선, 서학연, 장병국, 문유진, 곽명우의 사진바다

사랑은 모든 것을 이긴다
칼 힐티의 이 말은 너무 근사해. 하지만 사랑한다는 것의 어려움, 그 피비린내에 대해선 아무 말도 할 수가 없지. 사랑 속으로 들어가서 이겨내야 하는 것.

스스로 사라질 때를 알고
스스로 사라질 때를 알고 사라지는 벚꽃, 목련…
육체는 비애스러우나, 그 향기는 뜨겁고 진하다.

어쩌면 이렇게 다 기묘할까

쓸쓸히 혼자서, 또는 사람들로부터 약간 떨어져서 '꿈'을 꿀 수도 있는 것이다. 인간적인 냄새가 물씬 풍기는 그 공간에서, 어느 순간 "모든 것이 어쩌면 이렇게 다 기묘할까!"하고 외칠 수도 있다.

롤랑바르트. 작은 사건들

기묘하지 않은 게 있을까요? 사람과의 인연, 일출과 일몰, 생로병사 등등… 교통사고를 생각하면 도시만큼 두려운 게 없다. 그러나 나름대로 위안과 바쁘게 돌아가는 삶의 역동성이 생명력을 준다. "세상은 무섭고 잔인한 곳이 될 수도 있고 동시에 풍부하고 훌륭한 장소가 될 수도 있다. 이들 모두 진리이다."

미국 심리학자, 리 로스가 한 이 말이 무척 가슴에 와닿는데, 언제나 우리가 다니는 이 곳이 훌륭한 장소임을 느끼게 참 좋은 일로만 가득하길 빈다.

익숙한 것의 재구성

사람은 늘 새로운 걸 꿈꾼다. 여기서 새로움을 위해 필요한 '낯설게 하기'를 살피려 한다. 이것은 러시아의 문학자며, 형식주의자인 빅토르 시클로프스키가 개념화한 예술기법의 하나다. 그는 사람들이 매일 마주치는 똑같은 모습이나 익숙한 것보다 새롭고 낯선 대상으로부터 미학적 가치를 느낀다는 사실에서 만들었다. 최근에 본 작업들에서 나는 익숙한 것들의 재구성의 매력을 만났다.

'부엌'은 엄마의 손맛, 따스함, 행복함 등 모성애가 빛나는 따순 자리로 여긴다. 하지만 윤은숙은 모든 주부들이 행복하지만은 않은 고된 노동임을 빗대어 본다. 그래서 색감부터 수저나 물고기도 낯설고 차갑다. 낯설음을 통해 부엌이란 자리를 한번 더 생각할 수 있다. 현대인들의 두려움과 스트레스를 드러낸다.

윤은선 작가의 "기억의 현". 이미지의 중첩으로 겹겹이 쌓인 내면의 구름속을 드러낸다. 작가는 구름같이 흘러가기만 하는 헛헛한 삶의 의미를 찾고 되새기고 싶은 것이다. 흰 와이셔츠는 작가의 마음을 대신하여 자유롭게 날고픈 하늘 어딘가에 걸려 있다.

ⓒ윤은선

부엌에서 낡아가는
여자마음은 어떨까

ⓒ서학연

흰 와이셔츠는
하늘 어딘가에
걸려있다

나비는 꽃이 아닌
뿌리를 향해
날아간다

ⓒ장병국

그 무엇도 홀로 잘날 수 없어

서학연의 "꽃보다 아름다운" 것은 어디에 있을까. 모두 보여
지는 것만 바라보고 보여지는 것에만 쫓고 있을 때 작가는
좀 더 삶의 뿌리를 찾아보려고 열망한다. 그래서 그는 '나비
가 꽃이 아니라 뿌리를 향해간다'고 말하는 것이다.
장병국의 〈둘 사이〉도 일종의 풍경의 낯설게 하기다. 먼 첨성
대보다 코스모스가 더 크게 보인다. 보통 코스모스보다 첨성
대가 우리에게 더 중요하다 말할 수 있을 것이다. 이 작업은
첨성대도 주변의 풀과 꽃이 없으면 진정 아름다울 수 없다.
함께 살아가는 것의 중요성을 헤아릴 수 있다.

185

사진 바다

사진 잡지 프리뷰 보고 울었다. 전시작품이 아닌 게 나갔다. 마음이 몹시 아팠다. 오래도록 고생한 세월이 덧없이 스러지고, 헛수고를 한 듯이 슬픔에 잠겨 그저 눈물이 쏟아졌다. 그때 전시 구경오신 미술잡지 영업부장님이 바로 가시지 않고, 곁에 있어줘서 고마웠고, 힘이 되었다. 그리고 집에 돌아와 페이스북 게시물에 내 전시작 중 하나인 왕릉사과를 보며 마음을 달래었다.

그때 서울의 노자님께 시같은 문자 주셔 눈물지었다. 여기서 서울의 노자는 수많은 사진전의 알리미 블로그 "사진바다" 대장 곽명우쌤이셨다. 내 페북 게시물을 보시고 "노자 8장"의 글과 아래 문자를 보내주셨다.

화내면 바보입니다. 화내지 마시고 주무시고 내일은 잊으세요. 비가 왔으니 나무는 더 힘내서 새싹들을 피울거잖아요. 선생님은 훌륭하시니까 웃고 넘겨요. 작은 일에 맘 상하지 마셔용. 올해는 좋은 기운이 우리나라에 생기니까 선생님께도 좋은 일이 생길거예용^^

八. 上善若水, 水善利萬物而不爭, 處衆人之所惡, 故幾於道, 居善地,
팔. 상선약수. 수선이만물이부쟁, 처중인지소오, 고기어도, 거선지,
心善淵, 與善仁, 言善信, 正善治, 事善能, 動善時, 夫唯不爭, 故無尤.
심선연, 여선인, 언선신, 정선치, 사선능, 동선시, 부유부쟁, 고무우.

가장 좋은 것은 물과 같다. 물은 만물을 잘 이롭게 하면서
도 다투지 않는다.
뭇 사람들이 싫어하는 낮은 곳에 처하기를 좋아한다. 그
러므로 도에 가깝다.
살 때는 낮은 땅에 처하기를 잘하고, 마음 쓸 때는 그윽한
마음가짐을 잘하고,
벗을 사귈 때는 어질기를 잘하고, 말 할 때는 믿음직하기
를 잘하고,
다스릴 때는 질서 있게 하기를 잘하고, 일 할 때는 능력
있기를 잘하고,
움직일 때는 바른 때를 타기를 잘한다.
대저 오로지 다투지 아니하니 허물이 없어라.

위로문자주신 명우쌤은 그날의 스승이셨다. 한동안 잊고 지
낸 노자의 물의 철학을 가슴에 새겼다. 사진 바다에 매일 1천
명이 오가는 건 노자의 지혜로운 물이 흘러서일지 모른다.

문유진이의 외할머니는 나의 엄마다

사랑스럽고, 옷도 잘 입고, 점점 더 성숙해지고, 겸손해지는 조카. 지금쯤 완성되었겠지만, 유진이의 외할머니는 나의 엄마다. 유진이가 지난 봄에 엄마의 사진을 잔뜩 찾아 달라며 카톡을 보내왔다. 엄마 사진 찾아 보내느라 무척 애를 먹기도 했다. 그러다 궁금했다. 어떻게 작업하는지. 그래서 작품을 보여 달랬더니 보내왔다. 작년에 나와 2인전을 할 때 보다 작업이 좋아져 반가웠다.

벨기에 왕립예술학교 재학중인 조카 문유진의 얘길 하자면 며칠이 걸린다. 인스타 친구라서 가끔 들어가 보면 조카의 일상이 보여 멀리 떨어진 느낌이 없다. 며칠 전 인스타에서 유진이는 잠언 29장을 놓아둔 후 이렇게 메모하였다.

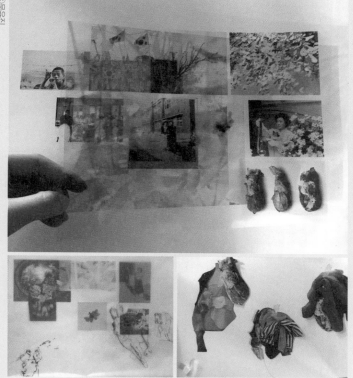

다 같이 웃기만 하면 좋겠다
높게 올라가고 싶다
은혜로운 사람이고 싶다

"사람이 교만하면 낮아지게 되겠고 마음이 겸손하면 영예
를 얻으리라"

한 일년만 편안하게 작가로서 그림 그리고 작품하면서 지내
면 행복하겠다. 예쁜 것 볼 때 마음이 좋다. 아트가 좋다. 디
자이너로서 실력, 인간성에 관한 프로세스가 모두 수치로 눈
에 보이면 좋겠다. 하나도 안 떨어지게 더 노력하고 싶다. 쉬
운 듯 어렵다. 평범하고 싶다. 다 같이 웃기만 하면 좋겠다.
높게 올라 가고 싶다. 은혜로운 사람이고 싶다. 보시기에 기
뻐하시는 생각과 말과 행동을 가진 사람이길 인도해 주세요.

조카의 글을 보니 참 막 따낸 복숭아처럼 살풋하고 싱그러웠
다.
그리고 겸손한 자세에 안심했다.

데자뷔

'자꾸 뒤돌아보게하는 영화' 〈5일의 마중〉 역시 거장 장예모 감독! 몹시 감탄했다. 그의 인상유삼저공연을 보러 계림까지 갔던 기억이 났고, 공리, 그 이상으로 연기를 잘 한 진도명. 나는 그의 팬이 되고 말았다. 우리가 잃어버린 것들이 가득 담긴 종합선물세트.

무엇보다 애절한 헌신적 사랑이 바로 현대인의 잃어버린 진정한 재산임을 깨달았다. 문화 대혁명 당시 사상범과 20년간의 아내의 깊은 사랑에 남편의 깊은 사랑의 마지막 장면이 압권이었다. 조용히 우는 관객의 눈물은 하얀 솜 같았다. 그렇게 부드럽고 따스할 수가. 흥행에 성공 못했어도 잊지 못할 영화. 아내는 '심인성 기억장애'로 남편을 알아보지 못한다. 중요한 기억장애의 원인이 딸 단단이가 앨범마다 미웠던 아버지 사진을 모두 오려 없앴기 때문이다. 우리가 사랑하는 사람과 이별을 겪고, 종종 사진을 없애는 이유가 잊고 싶어서다. 여기서 사진이 있고 없음이 우리의 기억을 바꾼다는 사실에 그만 심오해지고 말았다.

자기만의 독특한 카메라

대학원때 사진 실기 수업시간에 상상력을 발휘하여 자기만의 독특한 카메라를 만들어 오는 숙제가 있었다. 왜 이런 카메라를 만들었는가? 사회적·실존적인 존재 이유가 필요했다. 뭐든 그렇다. 존재감을 갖지 않으면 사라진다. 한국인에게 많이 필요한 창의적인 수업이었다.

시쓰기는 노동이다

예전엔 시가 구원이라고 믿은 적이 있다. 지금 생각하면 이 말은 너무 거창하다. 이제는 시를 쓰면서 삶을 깨우쳐 가는 거라 생각한다. 작가로서의 사명감과는 거리가 먼, 어떤 특권의식이나 엘리트 의식을 은연 중에 풍기는 글쟁이가 있다면 갑갑할 것이다. 벽돌공이 벽돌 한 장 찍어내는 것과 시 한 편이 뭐가 다를까. 서로 노동이기는 마찬가지다.

이 세상에서 제일 불만이 없어야 할 사람은 시인이고 예술가라는 말에 공감한다. 비록 자기 마음을 표현할 수 있기 때문이리라.

해피 투게더

들뢰즈는 공백을 얘기했던 것 같다. 나는 여기서 여백을 살피고 싶다. 새해 첫날 밤 영화 〈해피 투게더〉를 봤다. 이 영화는 스태디 캠으로 찍은 것 같다. 이것은 눈의 시각과 유사한 화면 구성을 하는 카메라로, 몸에 부착해서 들고 다니면서 찍는다.

이 영화는 많은 부분 아주 동양적인 사고 방식에서 찍었다고 본다. 왕가위는 결국 중국사람이므로. 영화의 대부분 컷마다 여백의 미를 강조해서 사진을 찍었다. 캐릭터의 표정들도 그랬다.

영화 마지막 부분 '해피 투게더' 노래가 터져 나오자, 누워서도 몸이 흔들린다. 누워서 봐서지만 왕가위가 만든 여백으로 오래 지워지지 않는다.

하늘 아래 새로운 것 없으나

내가 하고 싶은 얘길 누군가가 참 많은 얘길 했다. 성경 구절대로 하늘 아래 새로울 것이 없다. 그리하여 열성적인 탐구자들은 저마다 새로운 변화를 만들어 갈 것이다.

들뢰즈에게 가는 중

자살한 들뢰즈. 매혹적인 그의 명석함에 이끌려 나는 지금 들뢰즈에게 가고 있다. 그의 말이 확고한 도로 표지판처럼 펼쳐진다.

"창조란 불행한 것들 사이로 자신의 길을 그어나가는 것이다."

연민 그리고 미안한 마음

연민의 감정과 당신이 있어 고맙다는 감사의 정이 사람 사이를 진실로 가깝게 만든다.

내 삶에 지칠 때가 많아 축하엽서나 독자들에게 받은 엽서, 편지에 대한 답장도 못하였다. 나에 대한 관심과 애정, 송구스럽고 미안하다. 보답은 좋은 작품을 짓는 거.

우리가 가장 신경써야 할 문제

현대적인 생활방식에서 우리가 신경써야 할 가장 중요한 문제 중 하나는 인간적인 친밀한 접촉과 관계를 유지하는 것이다. 고속화된 사회는 이런 관계를 유지하는 데 필요한 시간과 기회를 앗아가기 때문이다. 우리는 사랑하는 사람들을 기쁘게 해주고 그들에게 사랑받기를 좋아한다.

에크낙 이스워런, 〈마음의 속도를 늦추어라〉에서

자연 속에선 뭐든 다 신비롭고 가족이나 연인들의 정은 더 두터워지기 마련. 이런 친밀한 여행도 자주 있는 게 아니라 가슴이 뭉클했다. 푸른 빛을 띠며 사뿐 날아오르는 게 뭔가 했다. "반딧불이"였다. 정情이란 반딧불이가 저마다 마음 속에서 나와 춤추는 듯 했다.

위험하게 사는 것

어느 나이 때나 뭔가를 다시 시작하기엔 자신의 나이가 너무 늦은 건 아닐까 하고 묻곤 한다. 자신 없음과 다시 시작하고 싶다는 갈망 사이에 흔들리지요. 이럴 때 필요한 니체가 말한 대목이 있다.

> "인생에서 가장 큰 결실과 가장 큰 즐거움을 거둘 수 있는 비결은 위험하게 사는 것이다."

위험하게 산다는 건 그만큼 용기와 모험심을 발휘하라는 뜻이다. 위험하게 사는 만큼 삶은 역동적이다. 내게 청춘은 그렇게 삶에 대한 열정으로 넘쳐나면서도 죽음에 대한 성찰도 시작된 나이였다. 서른 살 그 때의 마음이 삶을 이끌어가는 것 같다. 그 시절의 고독과 불안을 잘 치뤘기에 지금의 내가 있다. 그래서 감성 나이 서른 살로 늘 살고 있다.

서른살에 던진 불타는 구두

예술이라는 불빛에 홀려 다른 그리운 것들을 손 놓고 청춘을 보냈다. 그동안 쓴 시를 모아 겨우 시집 한 채를 장만했었다. 내 첫 시집 〈지루한 세상에 불타는 구두를 던져라〉의 운명을 생각하면 정말 책도 운명이 있더라. 이 시집으로 창비, 실천 등 4곳의 러브콜이 있던 시집인데, 하루 먼저 연락 온 세계사에 드렸고, 지금은 복간본이 되어 햇볕 좋은 때를 기다리고 있다.

서른 살에 어머니가 주신 천만 원으로 집을 탈출했다. 밥 한 공기가 예사롭지 않았고, 돈벌이의 고달픔에 뼈가 저렸다 굶어 죽을지도 모른다는 공포와 불안감에 몸부림치던 잔상이 생생했다. 그런 불안감 속에서 사진을 배웠다. 엄마가 주신 전세비를 빼서 사진 배우느라, 이사도 다녔고, 고생도 크게 했다. 사진창작과 시쓰기를 함께 해온 것에 보람이 크다. 전투적이었기에 더 많은 성찰과 깨달음이 있었고, 너무 많은 작업량도 출판사를 낸 계기가 되었다. 무엇보다 서른 무렵은 그 어느 때보다 열렬했던 독서광 시절였다. 내가 궁금해하고 보고 싶어 하는 모든 것을 책 속에서 발견한 시절이었다. 먹을 때, 전철과 버스, 길에서나 그 어디에서나 시와 소설 예술서 등 미친 듯이 책을 독파해 가던 서른이었다.

로만 카톨릭 신자라선지

젊은 날에는 닥치는 대로 읽었고, 요즘은 읽던 책 줄친 구석을 다시 볼 때도 많다. 내가 로만 카톨릭 신자라선지 영성책과 성서는 늘 머리 맡에 있다. 미학책. 내 〈반지하 앨리스〉와 함께. 내게 신앙과 하느님은 사랑이므로 멀리 떨어져 살 수가 없다.

지금은 르네 21 강의요청으로 알게 된 성공회 김한승 신부님이 이끄시는 미사에 참여한다. 나의 신앙은 수 없이 헤매었다가 10여년 전에 굳건해졌다. 그 믿음의 형식에서 나는 자유롭고 싶다. 내게 불교는 철학이고, 산사마다 아름다운 사찰기행을 좋아한다. 그리고 내 혼에 깃든 하느님께 바치는 시집을 1,2년 안에 꼭 내고 싶다. 흐음, 애인이 누군지 모르겠지. 하느님만 아실 거야.

©신현림

사과, 날다

From 경주 남산 - 사과 여행 # 5
작가 노트

사진작가로서 최고의 보람을 느끼는 전시를 일구고 있다. 많이 고생한 작업이라 드디어 해냈구나, 하는 감회에 젖어본다. 1천년이 넘는 시간을 너머 이승과 저승의 경계를 지우는 작업이었다. 그 어떤 사람도, 행복에 겨운 누군가도 부럽지 않은 보람과 기쁨이 따스한 수증기처럼 가슴을 뎁혀왔다. 이 전시를 하면서 그 동안의 먹구름이 사라져 갔다.

20년 찍어온 운주사과전도 언젠가 전시할 꿈을 가져본다. 불교라는 종교성을 떠나서도 신화와 한국의 걸출한 미학이 깃든 역사적인 경주 남산. 매혹적으로 내 사과작업으로 되살아나도록 애써 보겠다.

애인이 있는 시간

1판 4쇄 인쇄	2018년 6월 20일
1판 4쇄 발행	2018년 6월 25일
엮은이	신현림
펴낸이	신현림
펴낸곳	도서출판 사과꽃
	서울 종로구 옥인길74 (3-31)
이메일	abrosa@hanmail.net
페이스북	@7abrosa
인스타그램	@hyunrim_poetphotographer
전화	010-9900-4359
등록번호	101-91-32569
등록일	2012년 8월 27일
편집진행	사과꽃
아트 디렉터	신현림
디자인	강지우
인쇄	신도인쇄사
ISBN	979-11-88956-05-0 (03800)
CIP	CIP2018013086

값 17,000원